Ernst Haasler

Der Maler Christoff Amberger von Augsburg

Ernst Haasler

Der Maler Christoff Amberger von Augsburg

ISBN/EAN: 9783744709118

Hergestellt in Europa, USA, Kanada, Australien, Japan

Cover: Foto ©Raphael Reischuk / pixelio.de

Weitere Bücher finden Sie auf **www.hansebooks.com**

Der Maler Christoff Amberger von Augsburg.

Inaugural-Dissertation

zur

Erlangung der Doktorwürde,

der

hohen philosophischen Fakultät

der

Grossh. Bad. Ruprecht-Karls-Universität zu Heidelberg

vorgelegt

von

Ernst Haasler

aus Insterburg, Ostpr.

Juni 1893.

Königsberg.
Hartungsche Buchdruckerei.
1894.

Der Arbeit liegt zu Grunde Woltmanns Artikel über A. in Meyers Allg. Künstlerlexikon, p. 600 ff. Ebenso sind benutzt der betr. Passus aus Woltmann-Wörmann, Geschichte der Malerei, und H. Janitschek, Geschichte der deutschen Malerei (Katalog von L. Scheibler daselbst). Die Namen der Kunstforscher, die diese Arbeit gefördert, sind aus dem Text zu ersehen.

Am Ausgang des 15. Jahrhunderts war zu Augsburg der Boden für das Emporblühen einer eigenen Malerschule ganz besonders vorbereitet. Auf den kräftigen Stamm der schwäbischen Malerei wurde hier ein Reislein jener neuen, südlichen Kunst gepfropft, die, seit 1420 in ununterbrochenem Wachstum, im zweiten Halbteil des 16. Jahrhunderts das Kunstschaffen aller europäischen Kulturvölker geistig leiten sollte. Der Baum, den ein Masaccio, ein Fiesole und ein Brunelleschi einst gepflanzt, strebte auch in seinen äussersten Zweigen mit gewaltiger Jugendkraft empor; — in allerkürzester Zeit verschaffte sich die neue Kunst Geltung in der schwäbischen Malerei, und ihre höchste Blüte mit einem Zug vollendeter Schönheit, wie er sonst der deutschen Malerei fremd ist, findet sie in der beispiellos rasch sich entwickelnden Augsburger Schule. Ausserordentlich glückliche Umstände wirkten zusammen, um das Emporblühen der Augsburger Kunst zu beschleunigen. Zu der an sich glücklichen Veranlagung der Oberdeutschen kam durch die Welthandelsbeziehungen der Reichsstädte noch die Schmiegsamkeit und das Anpassungsvermögen an fremde Art und Anschauung. Von den „fröhlichen" deutschen Reichsstädten, die Aeneas Sylvius einst gepriesen, war Augs-

burg um die Wende des Jahrhunderts der fröhlichsten und
zugleich bedeutendsten eine. Im vollen Lichte der Geschichte stehen jene Zeiten der Stadt, wo dieselbe, allein dem
Reiche unterthan, sich zu einer Periode der Machtentfal-
tung ohne Gleichen rüstet. Wie die durch Handels-
und Kulturbeziehungen ihr so nahe stehende, mit ihr oft
verglichene „Königin der Adria", war auch das Augsburg
jener Tage ungemein prächtig und glänzend. Als Haupt-
vermittler des Handels zwischen dem Orient und dem
nordwestlichen Europa war es in den Besitz enormer
Reichtümer gelangt, und zu dem üppigen Treiben der
reichen Handelsstadt gesellte sich das schillernde Hof-
leben unter Kaiser Maximilian,[1]) vereinten die Reichs-
tage unter Karl V. die Blüte der weltlichen und geist-
lichen Machthaber Europas. — Die glänzenden Handels-
verhältnisse der Reichsstadt — die Gründe ihres stetig
wachsenden politischen Einflusses — wurden keineswegs
gleich durch die Auffindung des Seewegs nach Amerika
und Ostindien vernichtet.[2]) Ein ganzes Jahrhundert
noch hielten die alten Strassen über die oberdeutschen
Städte nach Venedig die Konkurrenz der neuen erfolg-
reich aus, und gerade Augsburg war bis zur Hälfte des
16. Jahrhunderts der Hauptmarkt für Purpur- und Phö-
nicische Tuche, für Seidenwebereien aller Art, für gold-
und silberdurchwirkte Stoffe, Südfrüchte, Glaswaren und
Schmucksachen. In dieser durch die grossen Entdeckungen
eingeleiteten Übergangsperiode vom Mittelalter zur neuen
Zeit liegt der Schwerpunkt der Augsburger Geschichte,

---

1) Maximilian hielt sich von 1473—1518 über zwanzig
Mal in Augsburg auf, darunter oft längere Zeit, so 1515 von
Mitte April bis Mitte Oktober. Vgl. Theod. Herberger, Jahresb.
d. hist. Kreisvereins v. Schwaben und Neuburg 1849—1850 p. 32.

2) Vgl. Dr. Henry Simonsfeld: Der Fondaco dei Tedeschi
zu Venedig und die deutsch-venet. Handelsbeziehungen p. 123.

und „jede Strasse und jede Kirche verkündet's, dass
nicht das Mittelalter, sondern der Bruch mit dem Mittelalter unserer Reichsstadt die tiefste Originalität ge-
wann".[1] — Auch auf geistigem Gebiet hatte sich dieser
Bruch mit dem Mittelalter sehr früh vollzogen. Diese
Stadt, die in ihren Kunstbestrebungen als erste in Deutschland der Renaissance Thür und Thor öffnen und derselben einen so glänzenden Einzug bereiten sollte, dasselbe Augsburg war auch die erste Pflegestätte des Humanismus auf deutschem Boden.[2] Schon seit Mitte
des 15. Jahrhunderts finden wir hier Spuren der humanistischen Bewegung — seit der Patricier Sigismund
Gossenbrot zuerst mit Eifer den neuen Studien oblag.
Gar bald erkannte er die Dürftigkeit der heimatlichen
Bildungsmittel und entsandte deshalb seine Söhne Ulrich
und Sigismund nach Italien, um unter den Schülern des
Guarinus an der Quelle zu schöpfen. Der wissenschaftliche Gegner des gelehrten Augsburgers ist sein Freund
Kunrad Säldner, Professor der Theologie aus Wien.
Bemerkenswert ist der Feuereifer des alten Gossenbrot,
mit dem er den von den Humanisten abgefallenen Lud-

---

1) W. H. Riehl: Culturstudien aus drei Jahrhunderten,
p. 286.

2) Die Geschichte des Augsburger Humanismus ist noch
nicht geschrieben. Vorarbeiten sind vorhanden in: Wattenbach,
Zeitschr. f. Gesch. d. Oberrheins 1873. Bd. 25, „Sigismund
Gossenbrot als Vorkämpfer des Humanismus und seine Gegner."
— A. H. Lier, der Augsburger Humanistenkreis, Zeitschr. d.
Hist. Vereins f. Schwaben und Neuburg. 1880. p. 68. — Zapf,
Heinrich Bebel, Augsburg 1802. — Hehle, der schwäbi-
sche Humanist Jacob Locher, Ehingen 1874. — Th. Her-
berger, Conrad Peutinger und s. Verh. z. K. Maximilian.
Jahresbericht d. histor. Vereins f. Schwaben und Neubg.
1849—50. Augsburg 1851. Peutingers umfassende Corre-
spondenz liegt noch unbenutzt im Augsburger Archiv.

wig Dringenberg, den Vorsteher der Schule von Schlett-
stadt, der gemeinhin für den ersten humanistischen
Lehrer gehalten wird, wieder zu bekehren suchte. Diesem
begeisterten Freund der neuen Künste erwuchs im Laufe
der Zeit ein Heer von Mitstreitern in Augsburg. Ottmar
Nachtigall genannt Luscinius und der Polyhistor Veit
Bild sind die bekanntesten unter ihnen. Der rege Bil-
dungstrieb der Renaissance macht sich zu Augsburg
durch Gründung neuer Schulen und durch die allge-
meine Wertschätzung von Gelehrten und Lehrern bemerkbar. Als Lehrer von Ruf wirkte seit 1512 Johannes Pinicianus, der auch die Ehren eines poeta
laureatus errungen hatte. In den Bestrebungen eines
Gerhard Grote, in der Thätigkeit eines Bebel und
seiner Genossen zeigt sich das für den heranwachsenden
Humanismus so charakteristische Interesse für die Jugend-
bildung, die zugleich ungemein gefördert wurde durch
die neuen Schulausgaben eines Locher. Nach Johannes Faber, dem Beichtvater Maximilians und
Schützling Karls V., und Georg Herbart, dem Freund
des Celtes, findet dann die Bewegung ihre glänzendsten
Repräsentanten in dem gelehrten Bernhard Adelmann
von Adelmannsfelden, in Marcus Welser und dem
universell veranlagten, in seiner gewaltigen Thätigkeit
noch nicht voll gewürdigten Conrad Peutinger.

Das frühe Auftreten des Humanismus in Augsburg
erklärt sich aus den engen Beziehungen dieser Stadt zu
Italien. Wie überall war auch hier dem Handelsverkehr
ein Austausch der Bildung gefolgt, und nicht nur die
Waren, sondern auch die Güter des Wissens ziehen
beständig über die Alpenpfade. Die Söhne der vornehmen,
deutschen Geschlechter suchten seit lange ihre Aus-
bildung auf den Universitäten von Padua und Bologna,
und das Streben Maximilians I. und Karls V. nach

der Oberherrschaft jenseits der Alpen brachte viele neue
Beziehungen zu Italien. — Für den Augsburger Kaufmann war im besondern Venedig die hohe Schule, wo
man seine Lehrzeit absolviert haben musste, wenn man
in der Heimat etwas gelten wollte.[1]) Dort trat er im
bildungsfähigsten Alter in nahe Beziehungen zu einem
weltgewandten Patriciat, dessen Lebensanschauungen und
Bedürfnisse kennen gelernt und vielfach angenommen
wurden. Wie im grossen Italien für Deutschland, so
wurde Venedig für Augsburg die Quelle von Geschmack und Mode, der Ausgangspunkt aller Verfeine-
rung — ja oft Überfeinerung in Bildung und Kunst.
Trotz dieser Anpassungsfähigkeit an fremde Anschau-
ungen blieben in Augsburg genau so wie im übrigen
Deutschland die Künstler in Bezug auf ihre sociale
Stellung durchaus den Handwerkern zugerechnet, und
in den Zunft- und Gildebüchern gehen beide gleich-
berechtigt neben einander her. Der Künstler bleibt
Bürger und Handwerksmann, obgleich er gar nicht selten
aus den Geschlechtern hervorgeht,[2]) als solcher Hand-
werker wird er auch vom Volke geschätzt, höchstens
die Humanisten waren geneigt, dem Künstler nach der
Anschauung des klassischen Altertums eine höhere Rang-
stufe zuzubilligen. Wenn überhaupt in Deutschland, so
kann man in Augsburg von einem gewissen Mäcenaten-
tum der Patricier sprechen, doch verdankt demselben

1) Greiff: Tagebuch des Lucas Rem. p XIII.
2) Vgl. Codex 3034 d. k. Staatsbibl. z. München: Der
Hern von der Bürgerstuben zue Augspurg Hochzeit buech,
von 1484.
Die Uralten Geschlecht von den Hern Allhie zue Augsburg, welliche vor Zwayhundert vnnd mer Jaren alda belebt
vnnd gewondt Haben: p. 12. „Schongauer" auch „Leonhardt
Beck". Die Geschlecht der Jüngern: p. 14. „Burckgmair,
Mielich".

die dortige Kunst verhältnismässig ebenso wenig, wie der Gunst der Grossen in Staat und Kirche. Das Bürgertum in seinen handwerksmässigen, breiten Schichten war der echte Nährboden der Kunst — die Goldschmiede, die Ebenisten, die Erzgiesser, die Holzschneider, Buchdrucker, Illuminierer und Maler waren die Träger des künstlerischen Fortschritts. Das grossartige Bildungsbedürfnis der Renaissance, das die Künstler als Holzschneider, Stecher und Zeichner verwandte, sicherte auch in Augsburg der grossen Mehrzahl eine auskömmliche Existenz. Die Zeit war jedem Specialitätenwesen abhold, sie verlangte von dem Künstler eine universelle Beherrschung aller Fächer seiner Kunst, ganz besonders von dem Maler. Waren in der eigentümlichen Entwickelung der deutschen Malerei alle Elemente vorbereitet, mittelst welcher die vielseitigen Anforderungen, wie sie besonders die Kleinkünste stellten, aufs glücklichste befriedigt werden konnten — und auch befriedigt wurden, so prägten sich doch andererseits in den einzelnen Schulen je nach Anlage und Entwickelung gewisse charakteristische Seiten heraus, die dann später im Verlauf der Zeit und der Dinge naturgemäss wieder zu Einseitigkeiten führen mussten. In der schwäbischen Schule verhalfen Anlage und Entwickelung der flandrischen Öltechnik zu uneingeschränkter Wertschätzung; — zu der Pracht der Farbe kommt noch die Fülle der Form, und dadurch erhält die ganze Schule einen weltlich-heitern, fast modern berührenden Zug. In der Wertschätzung der Farbe gleichen sich alle schwäbischen Meister, — so wirkt die seegrundtiefe Klarheit des Dierick Bouts in der Schule von Ulm bei Hans Schüchlin und seinem Schüler Zeitbloom, letzterer ohne koloristisch besonders veranlagt zu sein, an Farbenwirkung doch dem ältern Holbein ebenbürtig. So verhalf in Nördlingen der Farbenkanon

Rogier v. d. Weydens Fried. Herlin zu der übertriebenen Wertschätzung der Zeitgenossen. Und auch
in der bedeutendsten schwäbischen Lokalschule — der
Augsburger — wirkte das Pathos des Brüsselers durch
das Medium Martin Schongauers. Wie letzterer der
Universallehrer der jüngeren deutschen Malergeneration
war, so verknüpften ihn speciell mit Augsburg auch
persönliche Beziehungen.[1]) Kein Wunder, dass die
Jugendwerke Hans Holbeins d. Ä., der anknüpfend an
die vorhandenen Kunsttraditionen in Augsburg eine
Schule gründete, auf den grossen Kolmarer Meister weisen,
dessen Ruf und Einfluss in Oberdeutschland allmächtig war.

Holbeins bewegliches Genie teilte sich bald der
ganzen Schule mit, und dieselbe machte infolge davon
am frühesten in Deutschland der Renaissance bewusste
Zugeständnisse. Dieses Eindringen einer neuen Kunstart
ist keineswegs ein nationales Unglück,[2]) noch weniger der
Grund des späteren Kunstverfalls, sondern historisch eine
notwendige Folge der italienisch-deutschen Beziehungen,
— ästhetisch ein erfreulicher Fortschritt von nationaler
Kunsttüchtigkeit zu stilistisch allgemeingiltiger Kunst-
vollendung. In der Schule des Squarcione zu Padua
werden Deutsche mit Namen angeführt, in der älteren
Venetianischen Malerei war das deutsche Element stark
vertreten; der oft überschätzte Johannes de Alemagna
ist durch Bilder nachzuweisen.[3]) In Deutschland ver-
breiteten Kupferstiche und vereinzelte Gemälde, des Buch-

---

1) Die Familie gehörte zu den alten Geschlechtern
(Seite 9, Anm. 2.), noch 1487—1490 kommen die Namen Lud.
Schongauer, schamgauer, scheingauer, schongawer und
schönngawer in den Handwerksbüchern von Augsburg als
Meisternamen, beim Vorstellen von Lehrknaben vor (vgl.
Burckhardt, Die Schule Martin Schongauers. Basel 1888.)

2) Dass. b. A. v. Zahn: Dürers Kunstlehre, p. 5.

3) Crowe und Cavalcaselle, Gesch. d. Ital. Malerei. Bd. V.

drucks nicht zu vergessen, die Formen der Renaissance;
jedoch waren sie nur Boten, nicht mustergiltige Vor-
bilder von den neuen Formen. Behufs intensiveren
Studiums an Ort und Stelle beginnen daher um die
Wende des Jahrhunderts die Reisen deutscher Künstler
nach Italien, die bald Geltung als unentbehrliches, künst-
lerisches Bildungselement erhalten. Ob der ältere Holbein in persönliche Berührung mit italienischer Kunst
gekommen ist, ist unbekannt; zweifelhaft erscheint, ob
ihm ein gleichzeitiger Augsburger die Kenntnis der Renaissanceformen vermittelte.[1]) Hans Burgkmair, der
andere Hauptrepräsentant der Augsburger Schule, hat
ebenfalls Schongauer zum Lehrer,[2]) seine nahen Beziehungen zur Renaissance deuten auf einen öfteren
Aufenthalt in Oberitalien. Dort schliesst er sich eng
dem ihm geistesverwandten Crivelli an,[3]) und somit
wirkt auf ihn ziemlich unmittelbar auch Mantegna.
Es ist wichtig, sich dieses Glückes, das Burgkmair

1) Wie etwa H. Burgkmair. Vgl. A. Schmid, Forschungen über H. B., Maler v. Augsburg. München 1888, p. 21
und 55. Schon Woltmann hatte dieselbe Ansicht.

2) Ob nun die Aufschriften auf der Rückseite der Kopie
des Schongauerschen Selbstbildnisses, München, Alt. Pinakoth.
N. 146 (Lichtdruckfaksimile bei F. X. Kraus, Kunst und
Alterth. i. Elsass-Loth. II. Taf. XII), und diejenige auf der
Rückseite des Geiler v. Kaiserperg, Schleissheim N. 141
(W. Schmidt, Feuillet. d. Allg. Zeitg. 84. Nro. 207) von
Burgkmairs eigner Hand sind oder nicht, jedenfalls bestä-
tigen diese alten, unverdächtigen Vermerke über B's. Jünger-
schaft bei Schongauer resp. über seinen Aufenthalt im Elsass
nur das Factum, welches die Basilikabilder der Augsbg. Galerie
(spec. die Details der Petersbasilika) so deutlich predigen,
dass nämlich Burgkmair in Kolmar zeichnen und malen lernte.

3) Crivellis Einfluss (vgl. Madonna des Triptychons vom
Dom zu Camerino 1482) spiegelt mit Deutlichkeit wieder das
schöne Altarbild B's. von 1507 (Augsbgr. Galerie Nro. 6. 7. 8.)

traf, als es ihm sowohl den grossen Kolmarer, als auch
den Paduaner zum Lehrmeister gab, angesichts seiner
Stellung zu Dürer zu erinnern, dem der Wunsch nach
einer persönlichen Beziehung zu diesen Heroen die un-
erfüllte Sehnsucht seines Künstlerlebens blieb. —
Was Burgkmair seiner Heimatsstadt in seiner Kunst
verdankte, — sein Vater Thoman hat offenbar seiner
Zeit im Augsburger Kunstleben eine Rolle gespielt, —
ist nicht bekannt, die Poesie des Vortrags und den
Zauber der Farbenstimmung, sowie den feinen Instinkt
für das Malerische hat er von seinen genannten grossen
Lehrern. An Burgkmairs Namen knüpft sich die Erinnerung an das erste Auftreten der Renaissance in
Deutschland,[1] und durch seine Thätigkeit wurde Augsburg der Vorort jener Richtung, die in geistiger Selbst-
ständigkeit italienische Formen verwertete und aus dem
Mutterboden des einseitigen deutschen Naturalismus
einen universalen Künstler, wie den jüngeren Holbein,
erstehen liess. Gleich neben diesem glänzendsten Stern
am Augsburger Kunsthimmel strahlt noch, weithin
leuchtend, ein anderer.

In die Zeiten, da die Reichsstadt ihren kaiserlichen Gast, den sie so liebenden Maximilian, aufs
höchste feierte, als die Strassen erschallten vom Jauchzen
der Volksmenge, als die Freudenfeuer erglühten bei
prächtigen Umritten und Maskeraden, als die Schwerter
klangen und die Lanzenschäfte barsten bei der Herr-

---

1) Auf der Petersbasilika von 1501 (Augsburger Gal.
No. 19) finden sich die ersten Renaissancemotive auf einem
deutschen Gemälde. In das rechte Seitenschiff der Basilika
führt ein eingebautes Marmorportal im Stil der venetianischen
Renaissance.
Vgl. A. Schmid, Forsch. über H. Burgkmair. München 88, p. 13.

lichkeit der Turniere und Karussels, als der Geschlechter-
tanz von 1518 die Reihe der prunkvollsten Feste krönte,
— in diese Zeiten fällt die Jugend eines Künstlers, der
so recht der Malerrepräsentant dieser prächtigen Epoche
seiner Vaterstadt werden sollte, eines echten Augsburgers
in seiner Kunst, in seinen glänzenden, wie in seinen
schwachen Seiten, — des Malers Christoph Amberger.
Ein unmittelbarer Erbe der Burgkmairschen Tradition,
wird er in der Augsburger Schule noch besonders interessant als ausgesprochenster Vertreter venetianischer
Einflüsse innerhalb derselben. Er entwickelt in einem
langen Leben das koloristische Princip der schwäbischen
Schule erst folgerichtig, in seinem Altersstil bis zur Ein-
seitigkeit, — bis er im Farbenrausch sich selbst verliert.

Auch heute noch muss man die Lebensbeschrei-
bung unseres Meisters mit der bekannten Klage Sandrarts beginnen, „der wegen seiner herrlichen Arbeiten
weltberühmte Christoph Amberger ist sonst so unbekannt, dass ich von niemanden erfahren können, von
wannen er oder seine Eltern oder wer seine Lehrmeister
gewesen."[1]) — Was dieselbe Quelle weiter meldet, dass
A. in Strassburg viel gearbeitet und Holbeins Manier
nachgeahmt habe, woraus, da auch das Datum damit
übereinstimme, geschlossen wird, er sei höchst wahrscheinlich ein Schüler Holbeins gewesen, überzeugt
keineswegs. Zu früh scheint es, sein Geburtsjahr auf
1490 zu setzen, wie es früher geschah,[2]) — wahrscheinlich ist er in den ersten Jahren des neuen Jahrhunderts
geboren. Doppelmayr[3]) in den „historischen Nachrichten von den Nürnbergischen Mathematicis und Künst-

---

1) Teutsche Akademie II. T. III. B. p. 235.
2) Vor Woltmanns Biog. u. A. i. Meyers Allg. Künstlerlex. I. p. 600 ff.
3) W. Schmidt, Allg. Deutsche Biographie I. p. 390.

lern" giebt Nürnberg als Heimatsort A.'s an, sich dabei
auf die Aufzeichnungen Vincentius Steinmayrs be-
rufend. Alb. Weyermann (Kunstblatt 1830 p. 268)
nennt Ulm als seinen Geburtsort. Nagler[1]) giebt als
seinen Stammort Amberg in der Oberpfalz an und zwar
aus dem Grunde, weil in den Urkunden jener Stadt
von 1491 ein Steinmetz Lienhart Amberger ver-
zeichnet ist. Doch weist E. v. Huber darauf hin,[2]) dass
auch in Augsburg der Familienname A. vorkommt und
somit derselbe Grund auch für Augsburg in Anspruch
genommen werden könne. Es findet sich dort im Archiv
nämlich unter den Protokollen des Bauamts von 1534 bis
1553 unter Nr. 30 (Rückseite 14 und 15 beide Seiten)
ein „Spruch zwischen Leonhart Motzhart und Hanns
Amberger, pawens halben".

Bei dem Widerspruch in diesen Angaben richtet
man sich um so lieber nach dem bewährten Satz, dass
der wahre Heimatsnachweis für einen Künstler nicht sein
Geburtsschein, sondern sein Stil sei. Letzterer weist
bei A. in überzeugender Weise nach Augsburg. Da er
mit dem nur wenig ältern Holbein jun. viele Ähnlichkeiten aufzuweisen hat, so ist es nicht ausgeschlossen
dass er, wie Doppelmayr[3]) will, in den Anfangsgründen
der Malerei von dem ältern Holbein[4]) unterrichtet sei.
Werke, die etwa unter dem Einfluss dieser Lehrperiode
entstanden wären, sind uns nicht bekannt. Von wem
er das Handwerksmässige seiner Kunst hatte, ist somit

1) Künstlerlexikon I. p. 96.
2) Report III. 1880. p. 236. Daselbst steht fälschlich
„Amberg in der Oberlausitz".
3) Bei W. Schmidt a. a. O. p. 390.
4) Gerade für die hier in Frage kommende Zeit 1514 bis
1516 wird die Anwesenheit des ältern Holbein in Augsburg
ausdrücklich durch die Steuerbücher der Stadt bestätigt.

nicht zu erweisen und vielleicht auch nicht so besonders
wichtig, da wir seine geistigen Erzieher nachweisen
können in H. Burgkmair und der venetianischen
Malerei. Von ersterem zeigen sich die Jugendwerke
A.'s — bis etwa 1526 — noch abhängig, obwohl sein
Einfluss auch noch in A.'s Meisterzeit zu bemerken ist;
die Venetianer hat er genau studiert seit 1527, und aus
beiden Elementen entwickelt er sich zum originalen
Meister etwa um 1530.

Zugleich hat er wohl immer die Leistungen des
jüngeren Holbein im Auge behalten; er hat, wie es
scheint, seine Bildnisse sogar studiert, was bei den nahen
Beziehungen zwischen Basel und Augsburg ihm nicht
allzuschwer gefallen sein mag. Doch ahmt er ihm nie
nach, wie die vielen falschen Taufen, die unter Holbeins Namen A.'s Werke getroffen haben, fast vermuten
lassen sollten. Holbein unterscheidet immer von ihm
die genaue Zeichnung und das liebevolle Eingehen auf
die Details bei fester Malweise und sehr kräftiger Modellierung, wohingegen A. immer weich und breit ist,
zuweilen, trotz seiner im allgemeinen pastosen Malweise,
mit einer fast launischen Vorliebe für einen überzarten
Farbenauftrag. (Karl V. Ul. Sulizer.)[1]) Holbein ist
in Händen und Ohren immer individuell, A., auch wo
er sich ausnahmsweise Mühe giebt und zu individualisieren
versucht, kann über seine eigentümliche, schwammig-
zerfliessende Art nie hinaus, und so sind diese Neben-
dinge für ihn charakteristische Kennzeichen.

A. lernt und entwickelt sich innerhalb der Augsburger Schule, also nach Burgkmair. Ob er seine Ge-
sellenjahre bei letzterem zugebracht hat, bleibe dahin-

---

1) Auch Burgkmairs Gemälde erscheinen manchmal
wie hingehaucht, nicht selten schimmern die untenliegende
Zeichnung und Schraffierung durch.

gestellt;[1]) — für die fruchtbare Aufnahme Burgkmair-scher Anregungen und Einflüsse genügte ein gleich-zeitiger Aufenthalt in Augsburg. Bei dem gänzlichen Mangel urkundlicher Nachrichten müssen wir uns damit begnügen, die künstlerische Atmosphäre uns zu ver-gegenwärtigen, deren Luft der lernbegierige, junge A. geatmet haben mag.

Burgkmair schloss mit dem Jahr 1510 etwa eine grosse Entwickelungsepoche ab — diejenige, wo er, auf der Grenze zwischen alter und neuer Kunst stehend — in erster Linie Maler gewesen war. Von dem gewaltigen Einfluss Dürers zeigt er sich gänzlich unberührt, in der Farbenzusammenstellung und vielleicht auch in der Per-spektive ist er dem Nürnberger überlegen. Was er neu errungen, ist Natürlichkeit, die sich z. B. schon in den Fleischtönen auf den Basilikabildern zeigt, und ein fein anempfundenes Verständnis für die Renaissanceformen. In einheitlicher, stetig fortschreitender Entwickelung im Renaissancegeist, — im Gegensatz zu der sprunghaften des ungleich tiefern, älteren Holbein, — hat er sich zu einer verfeinerten Geschmachsrichtung durchgerungen. Auf der Petersbasilika von 1501 bemerken wir die erste Spur der neuen Kunst,[2]) nach Vollendung der Basilika St. Croce (Augsbg. Galer. 24) fällt wohl die erste italienische Reise,[3]) die Werke von 1505 (heilg. Cristoph und heilg. Vitus, Germ. Museum Nr. 158) und das prachtvolle Altarbild der Augsburger Galerie Nr. 6, 7, 8

---

1) Der Umstand, dass A. direkt Arbeiten von Burgk-mair fortsetzte, macht es wahrscheinlich, dass er ihm nicht nur künstlerisch, sondern auch persönlich nahestand. Vgl. Katalog Nr. 18.

2) Vgl. A. Schmid, Forsch. über H. Burgkmair, München 88, p. 13.

3) Wie A. Schmid a. a. O. wahrscheinlich macht.

zeigen immer zunehmenden Renaissancegeist. Aus letzterem voll heraus schafft Burgkmair seine grossen beiden Meisterwerke von 1509 und 1510, die Madonna mit dem Granatapfel[1]) (Germ. Museum, 2114, 159) und die kleinere Madonna mit der Traube[2]) (Germ. Mus. 2115, 160) und liefert mit ihnen etwas in der damaligen deutschen Kunst einzig Dastehendes.[3]) Mit beiden hat er auch nachweisbar am tiefsten und anhaltendsten auf A. gewirkt; an diesen Bildern hat unser Meister wohl zuerst die hinreissende Glut der Farben studiert, die ihn für sein ganzes Leben fesseln sollten. Die lebenswarme Karnation, die tiefen, braunroten und blaugrünen Töne der Bilder des Germ. Museums finden wir auch bei A.'s Madonnen und Kirchenbildern auf ganz dieselbe Art angewendet. Ebenso ist ihm für die seltenen, landschaftlichen Ausblicke auf seinen Werken die meisterhafte Landschaft der Madonna von 1510 stets ein hohes Vorbild gewesen, — wie sie ja in ihrer grandiosen Luftperspektive auch einzig dasteht in der deutschen Kunst. Einzelheiten übernimmt A. die Menge, so die Haarfarbe und den spinnwebenartig zarten Schleier der Madonna von 1510 für seine Madonna der Augsburger Galerie Nr. 694.[4]) Das Wesentliche bleibt jedoch die erstaunliche Poesie der Darstellung, die aus diesen Bildern auch auf A. überströmt, und die wir noch in

---

1) Auf der Steinbalustrade bezeichnet: M · D · VIIII · IOHNS · BVRGKMAIR · PINGEBAT.

2) Am Baumstamm: M · D · X IOH · BVRGKMAIR PINGEBAT IN AUGUSTA VINDELICORUM.

3) Eng an diese Werke schliesst sich die kleine Madonna von 1511, Berl. Gal. Nr. 584, an. Auch ihr verleiht die Farbe den höchsten Reiz — die italienischen Einflüsse treten in ihr gegen die vorigen Bilder stark zurück.

4) Vgl. Katalog Nr. 67.

ewiger Jugendfrische auf seinem Dombild[1]) lebendig
sehen.

Die nächste Burgkmairsche Entwickelungsepoche,
— eine vorwiegend zeichnerische, in der er als Hof-
künstler des Kaisers seine umfassende Thätigkeit für
den Holzschnitt entwickelte, konnte dem Lerntrieb eines
Jünglings nicht so tiefgehende Anregungen bieten, wie
die vorher betrachtete, obwohl sie zeitlich viel günstiger
liegt, 1512—1518, und in sie die Lehr- und Ge-
sellenzeit A.'s fallen muss. Technisch war in dieser Zeit
in B.'s Atelier viel zu lernen, und die Mitarbeiterschaft
anderer Künstler[2]) an den Aufträgen des Kaisers machte
es zum Mittelpunkt des Augsburger Kunstlebens. Schon
Woltmann hat bemerkt, dass B. bei dieser fieberhaften
Thätigkeit die hingebende Liebe für die vollendetste und
bestmögliche Ausführung seiner Arbeiten abbanden gekommen sei. Halten wir somit diese Epoche B.'schen
Schaffens im Hinblick auf A.'s künstlerische Entwickelung für ziemlich belanglos, so kann von einem Einfluss nach 1518 — soweit er natürlich nicht von den
Werken bis 1511 ausgeht — überhaupt nicht mehr die
Rede sein. Denn B. verlor die malerischen Fähigkeiten
seiner Jugendzeit, die ihn einem A. wohl so besonders
interessant machten, nach 1518 gänzlich; er konnte die
zeichnerische Periode seines Lebens nicht mehr ver-
winden, seine Farbengebung misslingt, das Kolorit wird
dunkel,[3]) die Umrisse hart, ein Virtuos der Form, hat

- — — —

1) Vgl. Katalog Nr. 32.
2) So beim Weisskunig Hans Schäuffelein, Hans
Springinklee, Leonhardt Beck und der Formenschneider
Claus Seman.
3) Das ausgesprochenste Beispiel dieser Art ist die Be-
gegnung der Esther mit Ahasver von 1528 (Alt. Pinak. 225),
tiefbrauner Farbenton, Schatten trübe und unklar.

er den Blick vorloren für des Lebens farbigen Abglanz.

Zwei künstlerische Ereignisse von grosser Wichtigkeit
fallen noch in A.'s Jugendzeit — die Errichtung des
ersten Renaissancegebäudes auf deutschem Boden 1512 —
und B.'s sicher nachweisbare Thätigkeit als Augsburger
Fassadenmaler 1514.

Jakob II. Fugger stiftete am 7. April 1509 eine
Grabkapelle auf Fuggerischem Grund in engstem An-
schluss an die Karmeliterklosterkirche bei St. Anna,[1])
welche 1512 vollendet wurde. Professor Weinbrenner
vermutet den vielgenannten Baumeister Hieronymus
vom Fondaco auch als Architekten der Kapelle, doch
findet sich nirgends sein von Venedig her bekanntes
Meisterzeichen. Das Material stammt vom Südhange
der Alpen und die Werkstücke sind nicht grösser als
eine Maultierlast. Wie die Liebfrauenkirche zu Trier
für die Gothik, so ist die Fuggerkapelle zu Augsburg die
Wiege für die deutsche Renaissance. Nicht nur ihre
architektonische, sondern auch die malerische, plastische
und dekorative Ausstattung folgt mit Entschiedenheit den
Gesetzen des neuen Stils. So die Reliefs am Unterbau
der Orgel, nach Vischer[2]) von Dürer komponiert und
von einem in Venedig gebildeten Deutschen[3]) in Marmor
ausgeführt, — so die Gemälde auf den Deckflügeln der Orgel,
von einem von den Florentinischen Quattrocentisten beein-

---

1) Vgl. Julius Gröschel: Die ersten Renaissancebauten
in Deutschland, Rep. XI. 1888, p. 240. R. Vischer, Stud. z.
Kunstgesch. p. 583 ff., Eberhard Schott, Beiträge z. Gesch.
d. Karmeliterklosters und der K. St. Anna z. Augsbg. Zeitschr.
d. Hist. Vereins f. Schwab. u. Neubg. 1880, p. 164.

2) A. a. O. p. 587.

3) Der Name Adolph Daucher, Vater Hans Dauchers.
käme dabei in Betracht. Vgl. Bode, Jahrbuch der Pr. Kunstsammlungen. 1887. VIII, p. 9.

flussten Maler [1]) herrührend, so die Bilder an der kleinen
Orgel, die Erfindung der Musik und die Verkündigung
darstellend, von dem älteren Holbein oder Gumpolt
Gültlinger,[2]) endlich die Dekoration der Orgel selbst,
Genien und Pflanzenornamente im Renaissancegeschmack.
Fürwahr, eine ganze Rüstkammer des neuen Stiles, —
und da sie den Augsburger Künstlern auch als solche
gedient hat, so wird auch A. sich dort gebildet haben.

Burgkmairs Thätigkeit als Fassadenmaler müssen
wir uns genau vergegenwärtigen, denn nur so erhalten
wir einen künstlerischen Massstab für A.'s wohlbezeugte,[3])
aber vergangene Werke gleicher Art.

Die bauliche Umgestaltung der Stadt Augsburg im
Renaissancegeschmack konnte sich der Natur der Sache
nach nur in langen Zeiträumen vollziehen. Der Gefallen
an den neuen Formen war aber so gross, dass man den
Widersinn, der in einer auf vorwiegend romanische und
gotische Architektur aufgelegten Scheinkonstruktion im
Renaissancegeschmack lag, gar nicht bemerkt zu haben
scheint und emsig daran ging, den Strassenzügen durch
gemalte Fassaden Pracht und Heiterkeit mitzuteilen. Die
ersten, urkundlich nachweisbaren Arbeiten dieser Art
knüpfen sich an den Namen Burgkmairs. 1511 er-
stand Jakob Fugger die Häuser am Salz- und Weinmarkt, die er prächtig ausbauen und erweitern liess und
deren Fassaden Burgkmair bemalte.[4]) Diese umfang-

1) R. Vischer, a. a. O., „vielleicht Kronburger".
H. Janitschek, Gesch. d. d. Mal. p. 430, vermutet den jüngeren H. Burgkmair.
2) Handzeichnungen dazu bei Hn. Adalbert v. Lanna
in Prag.
3) „Fuggerische Häuser waren von seinem Pinsel, sie
konnten aber der Zeit nicht widerstehen." P. v. Stetten.
K. u. H. v. A. I. p. 278.
4) Sandrart, Teutsche Akad. II. T. III. B. p. 235.

reichen Arbeiten, bei welchen viele Gehilfen thätig waren, [1])
erregten das Staunen der Zeitgenossen. Auffallend ein-
heitlich für die frühe Zeit der Fertigstellung [2]) gehen
im sog. „Italienischen" oder „Damenhof" der Fuggerhäuser Malerei und Architektur im Renaissancegeschmack
neben einander her, vielleicht, weil der Entwurf der
baulichen Anlage auf denselben Künstler zurückzuführen
ist, der später die Fassade ausschmückte. [3]) Die Fresken-
reste dieses Hofes schreibt eine alte Tradition dem Alb.
Altdorfer zu, doch scheint dieselbe nicht haltbar, da
Altdorfer bereits 1505 in Regensburg ansässig ist. [4])
Wohl aber weisen zwei oft wiederkehrende Motive im
Fries, Blattranke und Maske, wie sie sich im „Triumph",
Blatt 18 und 22, und den „österr. Heiligen", Blatt 93,
wiederfinden, auch hier auf Burgkmair oder seine
Schule. [5]) Glücklicherweise kann man noch heute zu
Augsburg eine sicher von Burgkmair gemalte Fassade
anschauen, die des Hauses D. 251 in der St. Annen-
strasse, schräg gegenüber der Annenkirche, [6]) ehemals
der Familie Grandern gehörig. Wenn auch viel zu
wenig noch erhalten, um einen Schluss auf die künstlerische Leistungsfähigkeit des Meisters zu gestatten, so

1) Ebenda.

2) 1515 in einer Bogenlaibung der Westseite. Professor
v. Reber in Nord und Süd 1885, p. 102.

3) Jul. Gröschel: Repert. 1890. XIII, p. 111.

4) Vgl. Max Friedländer, Alb. Altdorfer, M. von
Regenb., p. 1 und 8.

5) Vgl. A. Buff: Augsb. Fassadenmalerei. Zeitsch. f. bild.
Kunst 1886. An Burgkmair denken W. Schmidt, Zeitsch. f.
bild. Kunst, Novbr.-Hft. 1887, und J. Gröschel, Rep. 88. p. 240.

6) „Auch gegenüber Sanct Anna Kirchen eine Behausung,
woran er, Burgkmair, sehr künstlich und sinnreich auf der
Mauer unterschiedliche Artisten gestellt, so perfect etc. Sandrart „Teutsche Akad." II. Hauptt. III. Bd. p. 232.

erfüllt uns doch der Stoffkreis, der den Bildern ihren
Inhalt giebt, mit dem höchsten Interesse. Trotz des er-
bärmlichen Erhaltungszustandes erkennt man auf den
ersten Blick in diesen Darstellungen verschiedenartiger
menschlicher Thätigkeit Motive aus dem Holzschnittkreis
des „Weisskunig". So der Hafen mit Flotte und Kauf-
mannsgütern, erinnernd an „Weiskunig" p. 42[1]), „Meer-
fahrt der Königin Leonora" oder pag. 379 „Wie kunig
Philips sein gemahel aus Hyspania kam und er
sy gar costlich und erlich empfing"; so die Jagd-
scene mit Hirschen und reihenweise unter einander
springenden Hunden, aufs engste verwandt dem Blatt 95
„Die schicklichait und new erfindung des fürtlichen lust
der jegerei", so vor allem der Landsknechtkampf mit der
im „Weisskunig" immer wiederkehrenden Auordnung
der Fahnen und Lanzen hüben und drüben, der Ge-
fallenen und Nahekämpfenden inmitten, Türme im
Hintergrund, wie Blatt 222 „Utrecht" und Blatt 352
„Kampf gegen die blaue Gesellschaft", besonders aber
das mit H. B. bezeichnete „slagen in Napls da der von
Namurs erslagen ward", auf Blatt 318. — Die einzelnen Fresken sind eingerahmt durch Leisten, die aus
ornamentalen Teilen mit Medaillons auf Goldgrund, ge-
flügelten Seepferdchen und reichen Renaissancemotiven aus
der Pflanzenwelt gebildet sind. Da auf dem Bogen eines
sonst ganz vergangenen Freskos die Jahreszahl MDXIIII.
steht[2]), so haben wir ein interessantes Beispiel für Burgkmairs Thätigkeit um die Mitte des zweiten Decenniums

---

1) Citiert nach „Der Weisskunig", herausgegeben von
Alwin Schultz. Jahrb. d. Kunsth. Sammlg. d. All. Kaiserhauses. Wien. 88 Bd. VI.

2) Die Zeit stimmt genau, denn die etwa 152 Blätter
des Weisskunig (Nr. 163—315 d. chronol. Verz. von R. Muther,
Repert. 86. Bd. IX. p. 410 ff.) erschienen 1514—1516; — vgl.

des Jahrhunderts vor uns. In diese Zeit muss auch
A.'s Lehrzeit fallen, und da er selbst später ein berühmter Augsburger Fassadenmaler wurde, so scheint es nicht
unmöglich, dass er früh zu B.'s Gehilfen gehörte und von
diesem die Technik des Malens auf nassem Wurf erlernte.
Wir sind genötigt, für A. eine lange Wanderzeit
anzunehmen, auf der er unstät vielleicht, doch nicht unbekannt, die Welt durchstreifte. Dass er — künstlerisch
genommen — früher Meister wurde als am 15. Mai 1530,[1])
allwo ihm diese Meisterwürde in seiner Vaterstadt offi-
ziell verbrieft wurde, geht, wie es uns scheinen will,
wohl mit Sicherheit aus folgender Erwägung hervor.
1532 hat er das Bild des Kaisers[2]) fertig gestellt; rechnen
wir die Zeit der Bestellung und Ausführung der Arbeit
noch ab, so kommen wir auf eine erstaunlich kurze Zeit,
innerhalb welcher sich A. zum führenden Augsburger
Maler, denn doch wohl nur einen solchen ehrte der
Auftrag des Kaisers, emporgeschwungen haben müsste.
Der späte Termin der Meisterwürde ist an sich auffallend, doppelt auffallend wirkt er durch die im Hinblick auf ihn erstaunlich frühe kaiserliche Bestellung.
Der Widerspruch, der zwischen diesen beiden Thatsachen
liegt, löst sich vielleicht, wenn wir annehmen, dass unser
Künstler von anderer als von deutscher Seite an Karl V.
empfohlen worden sei. Angesichts des vortrefflichen,
ganz venetianischen Welserporträts von 1527,[3]) und der
bekannten Wertschätzung der venetianischen Malerei
durch den Kaiser andererseits, erscheint es uns nicht

dagegen 117 Blätter b. Laschitzer, Jahrb. der Kunsth. Smlgn.
d. Kaiserh. V. 1887, p. 167 Anm. 3, und dieselbe Zahl bei
Alwin Schultz, Jahrb. d. Allh. K. 88, p. XXV.
    1) Siehe weiter unten.
    2) Siehe weiter unten.
    3) Vgl. Katalog No. 6.

ausgeschlossen, dass A's. Name auch in der Kunstwelt
der Lagunenstadt einen guten Klang gehabt hat, den
dann von dort aus zuerst der Kaiser kennen lernte.
Somit mag A. den Kreis seiner Augsburger Genossen,
die auch von Burgkmair gelernt, und zu denen der
mittlere Breu[1]) und der jüngere Burgkmair gehörten,
vielleicht in den ersten zwanziger Jahren verlassen haben, um als Malergeselle zu wandern. Wohin ihn sein
Weg geführt, ist unbekannt, seine Bildnisse aber weisen
mit Deutlichkeit nach Basel und Venedig. Mit beiden
Städten stand Augsburg ja im engsten Verkehr. Seinen
Aufenthalt an diesen Orten zeitlich zu begrenzen, ist bei
dem Mangel an Urkunden unmöglich; was er dem grossen
Baseler verdankt, ist schon anzudeuten versucht worden.
Sein Aufenthalt in Italien wird von allen, die über A.
gehandelt haben, angenommen. Nach dem Vorgange
Woltmanns[2]) bezeichnet man die Zeit nach 1533 allgemein als die Zeit seiner Reise. Die Stütze, die Woltmann für seine Ansicht dadurch beizubringen meinte,
dass er auf dem Porträt eines Mannes von A.'s Hand
im Wiener Belvedere die italienische Bezeichnung „1535
di Marzo"[3]) gefunden, hat er selbst noch aufgegeben,
indem er[4]) das fragliche Bild einem französischen Urheber
zugewiesen. Stilistisch zeigen A.'s Bilder vor 1533 auch
schon venetianische Einflüsse, ganz besonders der Welser
von 1527. In den Steuerbüchern[5]) findet er sich von
1532—1537 und von 1545—1561, in den Handwerksbüchern[6]) in den Jahren 1536, 1538, 1542 und 1546
erwähnt, so dass er wohl, seit er als Meister sesshaft

1) A. Rosenberg, Kunstchronik X, p. 388 ff.
2) Meyers Allg. Künstlerlex. I, p. 600 ff.
3) No. 1571, Katalog No. 80.
4) Zeitsch. f. bild. Kunst IX. 1874, p. 191.
5), 6) Vgl. weiter unten.

wurde, sich nie mehr auf längere Zeit entfernt hat. Im
Alter ist er offenbar überhaupt nicht mehr zum Reisen
zu bewegen.[1]) Nach unserer Meinung hielt er sich nach
vollendeter Lehrzeit, also in den ersten Jahren des dritten
Dezenniums des Jahrhunderts, in Venedig auf, der hohen
Schule für den Augsburger. „Man musste in Venedig
gewesen sein, wenn man daheim was gelten sollte."[2]) —
Das galt für die Kunst,[3]) wie für den Handel. Bei den
uralten, bis ins 13. Jahrhundert zurückgehenden Beziehungen[4]) zwischen beiden Städten war eine Reise nach
Venedig kaum etwas Besonderes. Wo die Weltenfahrer
aus- und einritten, wie in der Stadt der Fugger und
Welser, was galt da Welschland. Ritt man doch in
acht Tagen hinüber[5]) auf der alten Poststrasse Lands-
berg, Ettal, Partenkirchen, Innsbruck, Trient, Borgo
Grigeo, Feltre, Carnuda, Treviso.[6])

Was vermittelte Venedig unserm Künstler? — Im
Allgemeinen die Quellenkenntnis der Renaissanceformen, die
das Medium Venedig dem deutschen Maler geistig näher
stellte. Denn es ist mit Recht bemerkt worden,[7]) dass

1) Die vergeblichen Mahnungen der Innsbrucker Regierung beweisen das. Vgl. Anhang.

2) Greiff, Tagebuch des Lucas Rem., p. XIII.

3) Venedig war die hohe Schule für die Augsburger
Künstler, vgl. Bode, Jahrb. d. Pr. Kunsts. 1887, VIII., p. 5
— und merkwürdig ist, wie sie gerade diese tiefgehenden Be-
einflussungen, die sie von Venedig empfangen, verarbeiten,
ohne geistig Schaden zu nehmen.

4) Erdmannsdörffer, De commercio, quod inter Ve-
netos et Germaniae civitates aevo medio intercessit, p. 14.

5) Greiff a. a. O.

6) Kränzler, Vened. Botenordnung. Zeitsch. des hist.
Vereins f. Schwaben und Neubg. 1876, p. 297 ff. H. Simons-
feld, Der Fondaco dei Tedeschi und der deutsch-venet. Handel,
II, p. 90.

7) Thausing, Dürer, 1. Cap. XI.

Venedig als natürliche Mittelstation zwischen Deutschland und Italien in seiner „antikischen" Art der Kunst-
auffassung von derjenigen der Florentiner und anderer
Italiener, wie schon Vasari wusste, ebensoweit minde-
stens entfernt war, wie die gleichzeitige deutsche Kunst
von der venetianischen. Von namhaften Bauwerken der
Frührenaissance standen damals schon in Venedig der
Uhrturm des Marcusplatzes, die Riesentreppe des Dogen-
palastes, die unteren Stockwerke der „Procuratie vecchie",
interessant für den Deutschen besonders durch die Übereinstimmungen mit dem neuen Fondaco,[1]) und zum
Schluss der wunderschöne Palast Vendramin-Calerghi;
überall eine Fülle reicher, zum Teil äusserst graziöser,
antikisierender Details in zwangslosester Freiheit — zuweilen auf Grundformen, an welchen mittelalterlicher
Geist wie traumverloren noch leise durchklingt. In
dieser reizvollen Umgebung beeinflussten den fremden
Künstler aufs tiefste die Eindrübke einer eigenartigen
Natur und das Gewoge eines ganz internationalen öffentlichen Lebens, dessen farbenfrische Erscheinungen der
malerischen Phantasie die mächtigsten Anregungen bieten
mussten.

Das koloristische Princip, das das bewegende
Element in der Fortentwickelung der Venetianischen
Schule war, hat auch A. offenbar aufs höchste interessiert; die Technik und Auffassung der Venetianer hat
er sich zu eigen gemacht, und wenn das Malerdogma
der späten Renaissance „il disegno di Michelangelo e il
colorito de Tiziano"[2]) gelautet, so hat der Augsburger
nur des Satzes letzten Teil geglaubt. Die venetianischen
Farben haben es ihm angethan, ob er sie nun studierte

---

1) Mothes, Gesch. d. Bildhauerei und Baukunst i. Venedig, II, p. 49—51.
2) Crowe und Cavalcaselle, Leben Tizians I, p. 271.

an den Erscheinungen des alltäglichen Lebens, ob sie
ihm herniederglühten aus den grossartigen Fresken des
Giorgione und des Tizian von der Wand des Fondaco,
ob er sie in der Haussammlung der Deutschen im „Sala
dell' Estate“ oder „delle Pitture“[1]) bewunderte, oder ob
er sie sich mischen sah auf den Paletten eines Giorgione,
Palma, Tizian Rocco Marconi. Dem Kreise des
Tizian, und in demselben der Richtung des Paris
Bordone steht unser Meister in Venedig am nächsten,[2])
aber auch die ältere Generation scheint er mit Fleiss
studiert zu haben, und wir dürfen den feingegliederten
Aufbau, die Einfachheit und Uebersichtlichkeit der Komposition wie die massvolle Bewegung seiner Kirchenbilder
wohl auf Einflüsse der Marco Basaiti, Vittore Car-
paccio und Cima da Conegliano zurückführen.

„Ein tzentilam zw fenedich“, wird auch unsern
Künstler, in die Heimat zurückgekehrt, „noch der sunen“
gefroren haben, deren Abglanz fortan durch ihn in
Schwaben weiter strahlen sollte.

Am 15. Mai 1530 finden wir A. zum ersten Mal
im Gerechtigkeitsbuch[3]) von Augsburg, wo er als Meister

1) Theod. Elze, „Ausland 1870 Nr. 27“.
2) Wie z. B. unseres Meisters Nürnberger Zeitgenosse
Georg Pencs sich ja auch besser in die Art des Giorgione
hineingelebt hatte, als die italienischen Nachahmer des Letzteren. Pietro della Vecchia, Caravaggio u. a., vgl.
W. Bode, Renaissance-Galerie, Jahrb. d. Pr. Kunstsmlgn.
1883. IV. B.
Auch die grosse Verwandtschaft A.'scher Portraits (Baumgartner, Katalog 24. Sulczer, Katalog 20. Schwartz, Katalog
22) mit dem wundervollen Bild des Johann von Calcar, Berl.
Gal. Nr. 190 (von 153?), der doch ein sicherer Tizianschüler war,
giebt zu denken.
3) Über Zunft- und Gerechtigkeitsbücher der Augsb. Maler
berichtet zuerst P. v. Stetten, Kunst- und Handwerksg. v. A.
I, p. 269:

eingeschrieben wird. Diese Nachricht steht in dem von
Archivar Dr. Buff entdeckten, wohl ursprünglichen
Malerbuch Archiv. Signat. 72c. auf p. 77 Rückseite unten:

        „   1530   jar   v.   am 15 dag mai
item

„Im Jahre 1542 haben die Vorgeher dieser Gesellschaft
Hanns Luz, Goldschlager und Jürg Sorg, Maler nebst
den Büchsenmeistern Hanns Siebenaich und Christof
Ambergern, der ein so berühmter Mann gewesen ist, alle
diejenigen, welche vom Jahre 1489 an und vielleicht schon
früher die Gerechtigkeit gehabt haben, mit ihrem Namen und
Wappen in ein Buch eintragen lassen, da aber dieses bis 1610
angefüllt gewesen, haben die damaligen Vorgeher Hanns
Wolf Bernhard, Maler, und Thomas Ostertag, Glaser,
wie auch Balth. Corus, Maler, als Kornprobst, ein neues
Buch angefangen, in welches die Namen und Wappen aus dem
alten eingetragen sind und welches bis 1646 fortgesetzt
worden ist." —

Dr. R. Hoffmann, Zeitsch. d. h. Ver. f. Schwaben und
Neubg., 1874—1875, p. 117 Anm., fügt hinzu:

Als im Jahre 1548 durch Kaiser Karl V. das Zunftreg.
z. Augsbg. aufgelöst und die neue Regimentsordnung mit
aristokratischer Regierungsform eingeführt wurde (vgl. Prof.
Dr. Hecker, Der Augsbg. Bürgerm. Jacob Herbrot und der
Sturz d. zünft. Reg. i. A., Zeitsch. d. h. V. f. Schwab. und
Neubg. 1874 v. 34 ff.), mussten die Bücher mit dem Vermögen
der Zunft dem Rat übergeben werden. Im Jahre 1566 erhielten die Vorgeher der Innung die Erlaubnis, aus diesen
Büchern Abschriften anzufertigen. Diesen Abschriften wurden
von den Innungsvorgehern ihre Einträge beigefügt, es folgten,
nachdem das Buch voll war, noch mehrere Bände in Folio
bis zu der in neuerer Zeit erfolgten Auflösung der Innung.
Diese Bücher sind in der Lade der Innung aufbewahrt und
glücklicherweise noch erhalten, während die von P. v. Stetten
erwähnten nicht mehr vorgefunden werden."

Die hier von Dr. Hoffmann erwähnten Zunftbücher
sind im Besitz des Historisch. Vereins zu Augsburg, ihnen
verdankt der Genannte offenbar die Notiz über den jüngern
Christof Amberger (Zeitsch. d. Hist. Vereins f. Schwaben

Ist für ain Handtwerk kumen mit namen **christof amberger** hat die gerechtigkeit empfangen die er von seinem weib hat, ist ihm gelichen worden am 15. dag. mai. um 1530 jar. "[1])

Danach scheint er die Angehörige eines Zunftmeisters geheiratet zu haben. Da nun aber später, in Steuernbüchern von 1548—54[2]) von seinen Stiefkindern die Rede ist, hat er offenbar die Witwe eines Meisters geheiratet. Leider ist der Name der Frau nicht zu ermitteln.

In dem spätern Malerbuch finden wir auf der Rückseite von Blatt 1. A. als Büchsenmeister erwähnt — „auch die erbaren buchsenmaister **han ns Siebenaich** und **Cristoff Amberger** mitsambt eines ersamen Handwerkhs genaigt sein wollen mit allem fridte zu bandlenn auff das habenn sie für guett angesehen, das

— — ·· - ···

und Neubg. I. 1874, p. 122) unten S. 129, Anm. I. Wie dort weiter ausgeführt, haben sich diese Bücher nur teilweise noch wiedergefunden. Gerade der für unsere Zwecke interessante erste Band der Folge fehlt vorläufig, doch dürfte er sich vielleicht noch finden lassen (fr. pers. Mitt. d. Ir. E. v. Huber v. 11. III. 93). Bekanntlich von höchstem Wert für die Augsbg. Kunstgeschichte haben sich die drei Malerbücher des Städtischen Archivs erwiesen, die R. Vischer, Studien zur Kunstgesch., p. 479 ff., auszugsweise veröffentlichte. Dieselben sind signiert:

I. 72a, klein Quart, verfasst zwischen 1453—1548 mit dem Verzeichnis der 1460 zu Augsbg. lebenden Maler und Bildschnitzer von **Thoman burckmair.**

II. 72c, Schmalfolio, entdeckt vom Archivar Dr. A. Buff, Einträge v. 1489—1542.

III. 72b, klein Quart, Abschrift v. 72c, fortgesetzt bis 1548.

1) Vgl. E. v. Huber, Repert. 1880 III, p. 234 ff., und R. Vischer, Stud. z. Kunstgesch., p. 520.

2) Vgl. weiter unten.

sollichen allten herkumen und geprauch wie das alt bichlein vermag, im bester form ab und ausgeschrieben werden sol —."[1])

Aus den noch vorhandenen Steuerbüchern erfahren wir, dass von 1531—1538 sich A. ständig in Augsburg aufgehalten habe. Es finden sich folgende Einträge.[2])

Steuerreg. 1531.

„In der Prediger Garten" im letzten Haus:

Cristoff Omwerger dat   30 $\$$ 18 kr. 6 $\$$[3])

1532

Cristoff Amberger dat   30 $\$$ 18 kr. 6 $\$$

1533 detto Crist. Ornberger d.   30 $\$$ 18 kr 6 $\$$

1534 — Crist. Amberger dt.   30 $\$$ 27 kr 6 $\$$

1535—1537   ebenso

Von 1538 kommt an dieser Stelle der Namen nicht nicht mehr vor. Er wohnte demnach 1531—1537 im Predigergarten — später, von 1545, ausserhalb des St. Gallenthores[4]); was folgende Einträge bekunden[5]):

„Steuerregister — Absatz „Ausser halb des St. Gallenthor".

1545 Cristf Amberger dt. 2 fl. 12 kr. pro toto seiner Frawen hab. dt. 24 kr.

— ——

1) Bezieht sich auf die notwendige Anlage eines neuen Malerbuches.

2) E. v. Huber, Repert. 1880 III. p. 234. ff.

3) $\$$ = Schilling.

4) Nach Herberger das Haus E. 220. Dasselbe, im äusseren Pfaffengässchen gelegen, ziert heute die Inschrift: „Hier wohnte und starb Cristof Amberger, einer der grössten Maler seiner Zeit, geb. um das Jahr 1500, gest. 1561. Kaiser Karl V., dessen Bildnis er öfter malte, stellte ihn dem berühmten Titian gleich und ehrte ihn mit einer Gnadenakte. König Ludwig I. stellte sein Bildnis in Bayerns Ruhmeshalle" —.

5) E. v. Huber a. a. O.

1546 ⎫
1547 ⎭ ebenso.

1548 Cristoff Amberger dt. 2 fl. 12 kr. pro toto seiner
Frawen hab. dt. 15 kr. sind sein stiefkinder.

1549 Crist. Amberger dt. 2 fl. 12 kr. pro toto mer
vun wegen seiner Stiefkinder dt. 15 kr.

1550 ⎫
1551 ⎪
1552 ⎬ ebenso.
1553 ⎭

1554 C. A. dt. 30 $ 3 fl. 15 kr. 6 $ mer von seiner
stiefkinder geld ist ab.

1555 C. A. dt. 30 $ 2 fl. 15 kr. 6 $. ." —

In der Folgezeit, bis zum Jahre 1561 inkl., kommt
A. mit fast der nämlichen Steuerquote immer an derselben Stelle vor.

Im Jahre 1562 findet sich der Vermerk:

„C. A.'s wittib ist vertailt" —.

Am 26. Oktober 1561 wurde das Steuerregister
des laufenden Jahres angefangen und in sechs Tagen
beendet. Das folgende Jahresregister wurde am 19. Oktober 1562 begonnen. Zwischen dem 1. November 1561
und dem 19. Oktober 1562 muss Amberger demnach
gestorben sein[1]).

In diesen wenigen Daten besteht die Summe
dessen, was sich von A.'s äusserem Leben erhalten hat.
Die Urkunden des Anhangs lassen erseben, dass er noch
1549 mit nur zwei Gesellen arbeitete,[2]) dass die Ein-
nahmen aus seiner Kunst schlicht bürgerlich waren, wie
denn seine Gutachten nebst dazu gelieferter Visierung
noch um zehn Gulden geringer bezahlt werden, als die

1) Füsslis Künstlerlexikon gab 1563 als sein Todes-
jahr an.

2) Vgl. Anhang Nr. 6809.

gleichen Leistungen eines Tischlers,[1]) — dass er aber
andererseits von Arbeiten überhäuft und noch im Jahre
1551 mit direkten Aufträgen des Kaisers betraut ist,[2])
dass er die Ehrenämter seiner Zunft bekleidet,[3]) wie er
denn wohl auch die dreissiger, vierziger und fünfziger
Jahre hindurch der führende Augsburger Maler war.[4])

Was A.'s künstlerische Entwicklung angeht, so schei-
den sich auch in seiner Lebensarbeit zwanglos drei Pe-
rioden, seine Anfängerzeit bis 1527, in der er zuweilen
noch unsicher umhertastet und sich in Härten und gewissen Unfreiheiten abhängig zeigt von der herkömm-
lichen deutschen Bildnismalerei, seine Meisterzeit von
c. 1530—1552, aus der wir die vierziger Jahre noch besonders hervorheben möchten als Geburtsdatum des
grossen Wurfs und der überaus breiten, flotten A.'schen
Mache, und endlich die Verfallszeit am Schlusse seines
Lebens, wo weitere, geistig nicht verarbeitete, italienische
Eindrücke A. überwältigen und die Einflüsse einer über-
hasteten Thätigkeit und die Mitarbeiterschaft von Schülern den Boden für Kunstverfall und Manierismus bereiten. Seine Malweise in seiner Meisterzeit zeigt, dass
er die venetianische Technik bis in ihre feinsten Einzelheiten gekannt hat. Während das heimatliche Verfahren
darin bestand, auf die Vorzeichnung in Kreide oder
Stift in Tempera zu untermalen und wiederholt mit Öl

---

1) Vgl. Anhang Nr. 6855.

2) Vgl. Anhang Nr. 6909.

3) Büchsenmeister der Zunft, vgl. oben = Verwalter der
Schatulle, Schatzmeister.

4) A. Buff hat soeben für die Augsbg. Kunstgeschichte
wichtige „Rechnungsauszüge, Urkunden und Urkundenregesten
a. d. Augsbg. Stadtarchiv" im Jahrb. d. k. S. d. A. Kaiserhauses 1892. Bd. 13. T. II. veröffentlicht, die leider nur erst
1442—1519 umfassen. Die angekündigte Fortsetzung bringt
hoffentlich auch neues von unserm Meister!

zu lasieren, wendet A., wie die jüngeren Venetianer,
im allgemeinen die flüssige Öluntermalung an und erreicht dadurch die Tiefe seiner Töne und die Transparenz der Schatten. Vieles Gemeinsame hat er mit dem
jüngeren Holbein. Während die Bilder des letzteren
jedoch haarscharfe Umrisszeichnungen aufweisen, die
sich zuweilen im Relief markieren, liebt es A., durch
weiche Übergänge jene eigentümliche Verschiebung des
Körperlichen künstlerisch nachzuahmen, wie sie hervor-
gerufen wird durch das Sehen mit beiden Augen. Seine
Schatten sind stets durchsichtig; in der verschleierten
Behandlung der Hintergründe bemüht er sich, die Wirkung der Luftperspektive erkennen zu lassen. Die
stoffliche Eigenart seiner Farben ist schwer zu ergrün-
den; sie wirken, besonders in der alten Firnissung —
wie venetianische. In der Abstimmung der Farbentöne
auf einen gemeinsamen Grundton besitzt A. eine virtuose
Erfindergabe, und ungemein wirkungsvoll weiss er die
vornehme, dunkle Gesammtstimmung seiner Portraits durch
eingestreute Fleckchen in lebhaften Farben zu beleben,
so durch das intensive Weiss der Wäsche, durch das
satte Grün in Teppichen und Vorhängen oder das tiefe
Rot der Kleidung, Tischdecke etc.

A.'s Thätigkeit umfasste zweifellos alle Zweige
der Malerei, vorwiegend erhalten sind Porträt und
Kirchenbild.

Entwürfe oder Studien zu seinen erhaltenen Bildern
haben wir nur in einem Falle nachweisen können, ge-
wannen aber mit diesem einen Blatt eine sichere Basis
für die Beurteilung aller Zeichnungen, die unter dem
Namen „A." in den verschiedenen Sammlungen sich
vorfinden.

Das Blatt enthält den Entwurf zu den Flügeln des
Augsburger Dombildes nebst dazugehörigen Staffelbildern

— klein Folio, Federzeichnung mit Bister, im Besitz des Herrn Adalbert von Lanna, Prag, erstanden auf der Auktion Wilh. Koller, 5. Februar 1872, zu Wien.

Auf dem linken Flügel ist der heilige Ulrich in reichem Ornat dargestellt, in der rechten Hand den Krummstab, in der Linken den Fisch, zu einem Engel aufblickend, der aus den Wolken ihm das Kreuz herniederhält.

Der rechte Flügel zeigt die nimbusgeschmückte heilige Afra auf dem Scheiterhaufen, an einen Baumstamm gefesselt; ein Engel, nur teilweise sichtbar, kränzt herabschwebend ihr Haupt.

Die linke Staffel enthält die Bilder des Kaisers Maximilian, ganz Profil nach rechts, ein Barett auf dem langherabwallenden Haar, in der Hand eine Palme, dazu als Gegenstück seine Gemahlin Maria von Burgund,[1]) fast en face, in hoher Schleierhaube.

Die rechte Staffel zeigt den Kaiser Karl V., ganz Profil nach rechts, den Crucifixus in der Hand, als Gegenstück seine kaiserliche Gemahlin Isabella in reicher Tracht mit einem Andachtsbuche.

Papier mit Nürnberger Wappen als Wasserzeichen.

Dass dieser Entwurf von A.'s eigener Hand ist, geht mit Sicherheit daraus hervor, dass unter den sieben Staffelbildern des C. A. und 1542 bezeichneten Augsburger Dombildes das äusserste linke, jetzt St. Affer umschrieben, den Kaiser Maximilian im Profil mit denselben Attributen wie die Zeichnung darstellt. Offenbar hatte der Künstler diesen Kopf schon fertig, als er, den Befehlen eines Bestellers (Bischofs?) folgend, von seinem

---

1) Maximilians litterarische und künstlerische Entwürfe zeigen ihn immer neben Maria von Burgund und beziehen sich nie auf die Mailänderin und ihre unbestreitbare Position. Vgl. Ulmann, Kais. Maximil. I, p. 221. Thausing, Dürer, 388.

ursprünglichen Plan, die beiden Kaiserpaare zu malen, Abstand nahm und Heilige an ihre Stelle setzte. So erklärt sich zwanglos die merkwürdige Erscheinung des Kaisers als St. Affer in der Gesellschaft von sechs anderen Heiligen, die wohl schon manchem Beschauer des Dombildes aufgefallen sein dürfte.

An die Technik dieser Zeichnung, die besonders unverkennbar durch die Art wird, wie kurz gebrochene Falten durch muschelförmig gerundete Striche gezeichnet werden, schliessen sich eng an die **sieben Blätter des Codex 8007 der Wiener Hofbibliothek**, deren Herkunft aus A.'s Werkstätte schon David von Schönherr bis zur Gewissheit wahrscheinlich gemacht hatte.[1]

In dem Codex finden sich auf sieben nicht gleich grossen Blättern Papier, annähernd Grossfolioformat, Tuschzeichnungen auf Bleientwürfen, alle von der Hand desselben Meisters. Nach den Überschriften stellen sie dar: Gisa, Erzherzogin von Österreich; Ottopertus; St. Stephanus, rex Ungariae; Radepoto; Virida; Haug der Gross, Fürst zu Habsburg; Carolus Magnus.

Man sieht es diesen Entwürfen an, dass sie für die plastische Ausführung gefertigt sind; die Sicherheit, mit der die Figuren stehen, ist bewunderungswert.

Aus der Reihe ragt durch Feinheit der Auffassung besonders der Entwurf zur Statue der Gisa, Erzherzogin von Österreich, hervor. Die ganze Körperhaltung, die Art, wie die edel geformten Hände Leuchter und Spitzentuch tragen, sind meisterhaft und zeigen, dass der Künstler den plastischen Endzweck keinen Augenblick ausser Acht liess. — Weiter fallen auf noch Stephanus, wo der Künstler sichtlich bemüht ist, der fremdartigen

---

1) Geschichte des Grabmals Kaiser Maximilians I. und der Hofkirche zu Innsbruck: Jahrb. d. Kunsth. Smlgn. d. All. Kaiserhauses. Wien, XI, 1890, p. 144 ff.

magyarischen Tracht gerecht zu werden, und Ottopert, eine edle Gestalt in reich arabeskierter Rüstung.[1]) Bei den andern Figuren mindert eine phantastische, an sich höchst interessante Ornamentik, in welcher sich A. offenbar garnicht genug thun kann, die einheitliche Wirkung, jedoch kommt man auch bei ihnen zu dem Urteil, dass hier A. ein direkter Fortsetzer Burgkmairscher Typen ist.[2]) — Bis Oktober 1548 wurden diese Entwürfe fertiggestellt und an König Ferdinand eingeschickt.[3]) Die Vorlage für den Chlodwig, die A. urkundlich geliefert hat,[4]) findet sich nicht unter ihnen, weil sie an den Giesser fortgegeben war. Ein Vergleich der besprochenen Zeichnungen mit der Chlodwigstatue in der Hofkirche zu Innsbruck ergiebt vielfache Übereinstimmung. Auch die Figur des Chlodwig ist ungemein flott und frei hingestellt, durch eine leise Neigung nach links gewinnt die Haltung eine graziöse Leichtigkeit. Der Kontrast zwischen den langen weichen Haarlocken und dem kurzen Pelzwerk, das den Kragen des Rockes und die offenen Ärmel verbrämt, den der Guss Gregor Löfflers meisterhaft wiedergiebt, war wohl auch in A.'s Vorlage besonders hervorgehoben. Die energische Gestalt des allerchristlichsten Königs nimmt in ihrer nach damaliger Augsburger Mode reich dekorierten Rüstung einen Ehrenplatz unter den grossen Figuren des Grabdenkmals ein und wetteifert an Schönheit und Würde mit den ritterlichen Bildern der Könige Arthur und

---

1) Reproduziert bei von Schönherr a. a. O. Gisa p. 199, Stephanus p. 198 und Ottopert p. 197.

2) Hans Burgkmairs Holzschnittfolge: Die Genealogie des Kaisers Maximilian I. b. S. Laschitzer, Jahrb. d. Kunsth. Sammlg. d. Kaiserh. 7. 1888, p. 39 ff. diene zum Vergleich.

3) Dr. v. Schönherr a. a. O.

4) Anhang. Nr. 6850.

Theodorich. Konnte A. vielleicht frei eine Idealfigur erfinden für dieses Standbild (wie von Schönberr will), so hat er unseres Erachtens eine vorhandene Tradition doch nicht unbenutzt gelassen.[1]) Der Entwurf A.'s für das Standbild war ca. Mitte Juli 1548 vollendet.[2])

Eng verwandt mit den bisher besprochenen Zeichnungen ist die **Darstellung der Geschichte vom ungerechten Richter** (Herod. 25). K. Kupferstichkabinett zu Dresden Nr. 84, schwarz getuschte Federzeichnung, hoch 351 mm, breit 211 mm. Braun, Phot. Nr. 404.

In einer Renaissancehalle sitzt der Sohn unter der Haut des Vaters auf dem Richterstuhl, vor ihm rechts ein König mit Gefolge und zwei Negerzwergen, links ein Krieger auf seinen Schild gestützt, eine Gerichtsperson, ein sitzender Schreiber und zwei Knaben im Vordergrunde. Oben links im Hintergrunde die Bestechung, rechts die Schindung des ungerechten Richters, — ganz im Hintergrunde Baulichkeiten mit italienischen Details; besonders interessant das ganz venetianische Haus nebst Balkon.

Die vortreffliche Zeichnung hiess in Dresden ehe-

---

1) Vgl. den S. Chlodoveus, abgebildet auf Tafel 18 der „Heiligen aus der Sipp-, Mag- und Schwägerschaft des Kaiser Maximilian I." b. Simon Laschitzer. Jahrb. d. Kunsth. Sammlg. d. Kaiserh. 4. 1886. T. I, p. 70.

2) Bei v. Schönherr a. a. O. — Daselbst wird mit Recht auf den grossen Einfluss hingewiesen, den die Malerei der damaligen Zeit auf die Plastik ausübte. So arbeitete der Meister Colin seine berühmten Reliefs am Grabdenkmal nach Zeichnungen des Malers Florian Abel von Prag, so wirkten vor Amberger die Maler Sesselschreiber und Jörg Kölderer für die figuralen Entwürfe des Denkmals, so liess sich auch der Nürnberger Goldschmied Wenzel Jamnitzer von dem Mantuaner Jacob Strada Zeichnungen für seine Arbeiten fertigen.

mals „Holbein", L. Scheibler sagte „Holbeins Art,
doch später." Wörmann und v. Seidlitz kamen durch
Vergleich mit den Wiener Codextypen auf Amberger.
Letzterer hielt jedoch schliesslich nicht an A. fest, sondern dachte an die Hand eines Niederländers.

Im Kupferstichkabinett zu Dresden befindet sich
noch die **kleine Tuschzeichnung einer Sirene,**[1] offenbar
für einen kunstgewerblichen Zweck, die dadurch besonders interessant wird, dass sich auf der Rückseite in
alter Schrift aus dem 16. Jahrhundert in roter Farbe
folgende Bemerkung findet:

> „das hat der aldt maiss
> Cristoff amberger mit
> seiner aignen Handt gemacht
> ain gewaldiger maller."

Die Braunsche Photographie Nr. 328 einer ge-
schmückten Sirene aus dem Museum zu Dresden giebt
nicht die eben beschriebene, sondern eine erweiterte
Zeichnung, bei welcher die Sirene in der rechten Hand
einen Helm, in der linken ein Wappen trägt, beide mit
dem Zeichen der Augsburger Familie Thenn (springen-
des Reh in schwarz-weissem Felde).[2]

K. Kupferstichkabinett zu München Nr. 5679,
Rötelzeichnung eines Gastmahls.

Eine Säule mit reichem Kapitäl trennt die tafeln-
den Herrschaften von dem auf der linken Seite um einen
Ofen stehenden Gesinde.

Es findet sich ein vergangenes Monogramm, ungefähr das Dürersche.

---

1) Beliebter Gegenstand — eine von 1513 in Dürers
Kunstbuch, publ. im Jahrb. d. Kunsth. S. d. A. K. V. 1887.
Tafel II.

2) P. v. Stetten, Geschichte der adligen Geschlechter
von Augsburg. Tab. X. Nr. 9 unten.

Janitschek[1]) teilt diese Zeichnung ohne Einschränkung dem A. zu. Wir konnten uns nicht vollständig von der Echtheit derselben überzeugen. — Es findet sich jedoch viel Venetianisches in Stimmung und Formbehandlung bei sicher deutscher Technik.

Ebenda. Nr. 19441. **Federzeichnung einer Küche** mit thätigem Personal — leicht blau und rot angelegt; erworben 1865 von Maillinger in München. Auf der prächtigen Mittelsäule ein Schild mit der Aufschrift „Coquinaria".

Die Zeichnung ist gut und gehört wohl mit Nr. 5679 zusammen. Janitschek[2]) sagt „möglicher Weise A."

Ebenda, öffentlich unter Glas ausgestellt, **Venus und Amor,** nach dem Tizianschen Bilde Nr. 524 der alten Pinakothek, erworben 1823 aus der Sammlung von Stengel, bez. oben links: v. christoph. Weissgehöhte Federzeichnung. Amberger.

Venus, fast Profil nach rechts, die üppigen Haarflechten mit reichen Perlschnüren durchflochten, lauscht dem Geflüster des Knaben, der, die rechte Hand auf ihrer Schulter, sein Gesicht ihrem Munde genähert hat. Im Hintergrunde eine Palme.

Die Bezeichnung ist alt und unverdächtig. Crowe und Cavalcaselle halten das Bild Alte Pinakoth. Nr. 514 für ein Schulbild,[3]) nach Tizians Lebzeiten entstanden.

---

1) Geschichte der deutschen Malerei, p. 432 Anm. Ähnlich in Komposition und Auffassung ist die farbige Zeichnung eines Gastmahls von 1522 in der Albertina, Mappe der unbekannten deutschen Meister „222", dort „Schule Holbein."

2) A. a. O.

3) Leben Tizians II, p. 717.

Lermolieff[1]) erblickt darin eine Kopie nach einem Tizianschen Original. Jedenfalls schliesst es sich eng jener Gruppe von Bildern aus Tizians Alterstil an, von denen die sog. „Drei Grazien" der Gal. Borghese zu Rom[2]) und eine modificierte Kopie davon im Palazzo Balbi in Genua die bekanntesten sind. Angesichts des überaus schlechten Erhaltungszustandes des Bildes in der Alten Pinakothek kann man wohl nur das eine mit Bestimmtheit behaupten, dass das Bild „Tizianesk" ist unter allen Umständen. Wir hätten somit in der interessanten Zeichnung des Münchner Kabinetts[3]) einen direkten Beweis für die Hinneigung A.'s nach Venedig und für seine Wertschätzung Tizianischer Stoffkreise.

Ebenda. **Zeichnung eines wilden Mannes.** Bezeichnet C. A. — aus Mannheim erworben.

Gewisse phantastische Anklänge in der Darstellungsweise des nur mit einem Schurz bekleideten und mit Schild und Keule bewaffneten Mannes erinnern an die Figuren des Wiener Codex.

Ebenda. **Profilzeichnung eines jungen Mannes** in kurzem Bart. Nr. 7215.

— — **eines langbärtigen Alten** mit Lorbeerkranz im Haar. Nr. 7216.

Beide kamen 1807 aus der königlichen Residenz.

Nicht bedeutend, enthalten sie nichts für A. im besonderen Charakteristisches.

1) Werke Ital. Meister in den Gal. v. München, Dresden und Berlin, p. 47.

2) Gestochen von R. Strange 1761 in „A collection of Historical Prints", Taf. XXVI, F. van den Wyngaerde und F. Vivares. Vgl. Crowe und Cavalcaselle, Tizians L. und W. II, p. 646 ff., und Lermolieff, Gal. Borghese. Zeitsch. f. bild. Kunst XI, 76, p. 132.

3) Nach W. Schmidt unterliegt es keinem gegründeten Zweifel, dass die Zeichnung von A.'s Hand.

Braunschweig — Trachtenbuch des Schwartz — die Blätter Nr. 122—127 im Trachtenbuch des Vaters — farbige Kostümzeichnungen, nach einer Vermutung A. v. Zahns[1]) von A.'s Hand.

Da A. um 1542 das Schwartzsche Elternpaar malte,[2]) und die angeführten Zeichnungen, die nach v. Zahn durch ausgezeichnete Arbeit hervorragen, gerade aus den Jahren 1541—1546 stammen, so liegt die Annahme von A.'s Thätigkeit nahe. Dem, was v. Zahn über die elegante Haltung und sichere Stellung der Figuren sagt, können wir uns nur anschliessen, und wenn diese Kennzeichen allein genügten, würde man um so eher an A. denken dürfen, als auch die Figuren des Wiener Codex und die Holzschnitte der Truchsessenchronik[3]) dieselben Vorzüge zeigen, die sie sehr zu ihrem Vorteil von andern, gleichzeitigen Arbeiten abheben. In der Technik der Zeichnungen konnten wir keine ins Auge fallenden Übereinstimmungen mit sicheren A.'schen Blättern nachweisen. Uns erscheint die ganze Reihe Seite 120 (vom Jahre 1539) bis Seite 137 (1560) von einer Hand herzurübren, nur der Erhaltungszustand der einzelnen Blätter ist wesentlich verschieden. Will man an A. festhalten, so darf man nur an gelegentliche Freundschaftsdienste denken, die er durch Fertigung dieser Blätter dem Mattheus Schwartz erwiesen hat, — denn wir stehen nicht an, bei der eminent kostüm- und somit kulturgeschichtlichen Bedeutung dieser Zeichnungen, den künstlerischen Wert derselben, nach der Bedeutung eines A. gemessen, für ziemlich geringfügig anzusetzen.

Berlin. K. Kupferstichkabinett **Nr. 572. 573. 574,**

---

1) Jahrb. für Kunstwissenschaften 1871, p. 127.
2) Siehe Katalog Nr. 22 und 23.
3) Siehe Katalog der Handzeichnungen etc. Nr. 18.

drei Portraitzeichnungen jugendlicher Personen, leicht rot und dunkel angelegt, aus der Sammlung Nagler stammend.[1]) „Amberger" genannt.

Wohl nicht Studien zu Gemälden, sondern Nachzeichnungen nach solchen, wie auf Nr. 574 durch die Farbenvermerke „schwarz, ways, krebsroth" angedeutet wird. Letztere[2]) stimmt genau überein mit einer kleinen Zeichnung des Ambrogio de Predis in der Akademie zu Venedig,[3]) darstellend die Bianca Maria Sforza, zweite Gemahlin Kaiser Maximilians. Das Originalgemälde, auf das die Farbenvermerke hinweisen, müsste circa um 1493, dem Zeitpunkt der Verlobung der Bianca Maria mit Maximilian entstanden sein, da die Dargestellte circa 20 Jahre alt ist und Bianca um 1472 geboren wurde.

Nach Bode[4]) hat die Zeichnung mit A. wohl kaum etwas zu schaffen, und in der That sind alle drei Zeichnungen, die offenbar von einer Hand herrühren, für A. zu unbedeutend. Die flache, ausdruckslose Art der Augenzeichnung sei dafür ein Beispiel.

---

1) Nr. 572: Junges Mädchen mit blondem Zopf, Schmuckreif im blonden Haar, Hände in den weiten Ärmeln gefaltet.   rechts: Ursula Kneifflingerin
So Sagen Sie.

Nr. 573: Knabe im Barett mit aufgestütztem Arm, eine Birne vor sich.
rechts: Hanns Wolff Kneif
zugehörig
Heinrich Wolf Kneif

Nr. 574: Junges Mädchen in Hut mit aufstehender Halbkrempe, in reichem Schmuck. Farbenangabe a. d. Kostüm. Links: von dement voeg.

2) W. Bode, Jahrbuch d. Pr. Kunsts. X. 1889, p. 73.

3) Zeichnung mit der Überschrift „Leonardo da Vinci", reprod. bei J. Lermolieff, Kunstk. Stud. Die Galerien Borghese und Doria Panfili in Rom, p. 240.

4) A. a. O.

Nagler[1]) berichtet von einem Stich, darstellend das Brustbild eines Mannes in platter, mit einer Scheibe versehenen Mütze, bezeichnet AP, von Harzen im K. Kabinett zu Paris gefunden, wo er als Werk unseres Meisters gelte.

Was das ebenda[2]) erwähnte, angeblich dem A. zugeschriebene Brustbild einer Pfinzing, eine kräftig in Farben lavierte Zeichnung aus der von Derschau'schen Sammlung, angeht, so machen die modernen Initialen ℭ𝔄. und das frühe Jahr 1520 die Benennung im höchsten Grade unwahrscheinlich.

Sandrart[3]) besass noch von unserem Meister zwei farbige Porträtzeichnungen in Folio, darstellend die Ursula von Harrach,[4]) Gemahlin Jacob Fuggers, und den Georg Hermann, die nicht mehr nachzuweisen sind.

Ephrussi[5]) hatte dem A. vorübergehend **19 Blätter**

---

1) Monogramm. Nr. 1123.

2) Ebenda. Nr. 2181.

3) Teutsche Akademie. Sandrartische Kunstkammer II. Haupt. p. 89. „Georgius Hermann war eine gelehrte Person zu Augspurg" ebenda.

4) Vielleicht ist der Stich p. 13 in Fuggerorum et Fuggerarum Imagines und p. 14 der Pinakotheka Fuggerorum nach diesem A.'schen Original angefertigt. Ursula v. Harrach, Gattin des Joh. Jacob Fugger, verh. 1540, gestorben 1554, zeigt auf diesem Stich in der Art der malerischen Auffassung und in Einzelheiten des Kostüms entschiedene Gleichartigkeiten mit dem kleinen Frauenporträt von A.'s Hand bei Fürsten Fugger-Babenhausen zu Augsburg. (Vgl. Katalog Nr. 42.) Vornehme junge Dame, ³/₄ Profil nach links, in reichem dunkeln Gewand mit Puffärmeln. Auf dem perldurchflochtenen Haar ein kleines Barett. Sie liebkost mit der rechten Hand ein Seidenhündchen, das auf einem Tische vor ihr liegt.

5) Ed. Chmelarz, Das Diurnale od. Gebetbuch Kaiser Maximilian I. Jahrb. d. Kunsthist. Sammlgn. d. Kaiserhauses, Wien 1885. Der Monogramm ist MA. = Markus Astfalk nach

der Besançoner Ausgabe des Gebetbuchs Maximilians I. zugeschrieben, die MA bezeichnet waren. Er gab jedoch seine Ansicht bald auf in „Dürer et ses dessins". Auch Holzschnitte, die auf Vorlagen von A. zurückgehen, haben sich erhalten. Es sind das die **drei letzten illuminierten Holzschnitte des Codex 1292**[1]) der Königlichen Staatsbibliothek zu München. No. 1—22, dann 44—54, 56—59, endlich einzeln 69 und 73 der Holzschnittfolge sind mit H. B., 41—43 mit H. B. bezeichnet. Das Monogramm findet sich immer auf dem in einheitlicher Strichmanier gezeichneten Erdboden, wenn auch nicht immer an derselben Stelle.

Auf Blatt 79, darstellend Georg von Waldburg, findet sich auf dem in ganz anderer Strichart gezeichneten Erdboden das Monogramm C. A.[2]) Die Figur zeichnet sich durch schlankere Proportionen aus. Das Beiwerk richtet sich genau nach dem Burgkmairschen Vorgange (Arrangement der drei Wappen, Helm links auf dem Baumstumpf), offenbar, damit die Einheit der Folge nicht gestört werde.

Blatt 80 und 81, die letzten der Chronik, sind nicht bezeichnet, aber offenbar auch von der Hand des A., der

Chmelarz' Hypothese, vgl. dagegen Kötschau, B. Beham und der Meister des Messkircher Altars, Strassbg. 1898, p. 74.

1) Matthäus v. Pappenheim, des heilg. röm. Reichs Erbmarschalk, Thumherr zu Augsburg, b. R. Dr.: Chronik und Genealogie der Truchsessen von Waldburg mit eingeklebten, illum. Holzschnitten von H. Burgkmair.

Zwei andere Exemplare (eines Schwarzdruck, das andere farbig) im Kabinett d. Fürsten Waldburg-Wolfegg, Würtemberg, vgl. Passavant, Peintre Graveur III, p. 274, und v. Berlepsch, Zeitsch. f. bild. Kunst 1887, p. 241.

2) A. Schmid, Forsch. üb. Hans Burgkmair, Mal. v. Augsb., München, 1888, p. 47. W. Schmidt, Repert. XIV. 1891, p. 436. Auch A. Schmid, Kunstchronik 1893/94, No. 4, wo nur Blatt 79 dem A. zugesprochen.

sich hier noch freier fühlt und den Herrn Christoph
(in Halbpanzer und bauschigen Ärmeln, Bl. 80) und
Herrn Jacob (in dunkelrotem Barett und langwallender
Feder, Bl. 81) ganz besonders elegant und sicher aufgefasst hat. — War Burgkmair über die Arbeit hin-
gestorben oder war er sonst verhindert, den kleinen Rest
der umfangreichen Lieferung fertigzustellen? — Jedenfalls besitzen wir in diesen drei Blättern ein gewichtiges
Zeugnis dafür, dass A. auch von den Zeitgenossen als ein
berufener Vollender Burgkmairscher Arbeit angesehen
wurde, und dazu dürfte er als Burgkmairs Schüler am
leichtesten gekommen sein.

Heinrich Alfred Schmid schreibt die Nummern
1, 6, 8, 13, 14, 16, 19, 23, 25, 27, 29, 35, 36, 38—42,
44, 45, 48, 50 einer Holzschnittfolge von 50 Lands-
knechten, publiziert von David de Negker, dem neben
Breu und Burgkmair in der Vorrede ebenfalls als
Autor genannten A. zu,[1]) doch erscheint uns diese Zu-
teilung viel zu weitgehend und der Nachprüfung drin-
gend bedürftig. Uns scheint es sich mehr um Zeichnungen Peter Flötners dabei zu handeln. No. 439
(bei Hirth) zeigt das sichere Monogramm Flötners, den
Steinmetzklüpfel und Meissel,[2]) und somit wird die ganze
Reihe, die in sich sicher grosse Ähnlichkeiten aufweist,
verdächtig.

Dass der grosse Holzschnitt, darstellend das Brustbild Karls V., bei Hirth, Kulturgesch. Bilderbuch No. 517,
in Auffassung und Haltung so mit dem Bilde No. 556
der Berliner Galerie von A. übereinstimmte, dass auch
für ihn die Hand unseres Meisters sicher würde, wie
H. A. Schmid an demselben Orte will, ist für uns nicht

---

1) Kunstchronik 1893/94, No. 4, v. 2. Novbr.
2) Vgl. dieselbe Abbildung bei J. Reimers, P. Flötner
n. s. Handz. und Holzschnitten, Berlin 1890.

überzeugend. — Verfehlt erscheint der Versuch ebenda-
selbst, ein Jugendporträt Karls V., bei Nagler Monog.
Bd. I, p. 205 und Bd. II, p. 455, späterer Abdruck mit
Dürers Monog. bei Hirth, a. a. O., No. 464, unserm
Meister zuzuteilen.

A.'s wohlbezeugter Thätigkeit als Fassadenmaler[1])
müssen wir gedenken, ohne dass es möglich wäre, heut
zu Tage das Geringste von ihm nachzuweisen. An zwei
noch erhaltenen Fassaden in Augsburg haben wir jedoch
die zeitlichen und stilistischen Grenzen, innerhalb welcher
sich auch A.'s Thätigkeit als Freskomaler abgespielt haben muss. An der oberen Grenze steht jene Burgkmairsche Fassade des Hauses D. 251 von 1514,[2]) wo lauter
deutsche Gestalten, speciell aus dem Kreis des „Weisskunig“, abgebildet sind. Die untere Grenze bezeichnet
die nach einmaliger Restauration recht gut erhaltene
Fassade des Hauses D. 278 in der Philippine-Welser-
strasse, welche Giulio Licinio[3]) 1561 vollendet hat.
Über die Wandfläche mit den zwei Erkern zieht sich
eine kühn gedachte Komposition von Linien und Bän-
dern mit phantastischem Zierrat, wie Bronzemasken,
Sphinxe, Delphine, Amoretten etc. hin. Pflanzenwerk
und pflanzenähnliche Ornamente vollenden mit merkwürdig geformten physikalisch-astrologischen Instrumenten
den abenteuerlichen Eindruck des Ganzen, aus dem sich

---

1) „Fuggerische Häuser waren von seinem Pinsel, sie
konnten aber der Zeit nicht widerstehen.“ — P. v. Stetten,
Kunst- und Handwerksgesch. v. Augsbg. I. p. 278.

2) Oben Seite 22.

3) Neffe des Giovanni Licinio gen. Pordenone, kam
1559, wahrscheinlich auf Veranlassung der Fugger, nach Augsburg, Streit mit der Zunft, Bürger 31. Aug. 1560, starb nach
Vollendung seines Werks, Fassaden D. 278 und 279, anno 1561;
vgl. Ad. Buff, Augsbg., Fassadenm. Zeitsch. f. bild. Kunst 86.
B. 21, p. 58 ff.

nackte, gigantische Gestalten wirkungsvoll abheben. Am weitesten links ein Mann von gewaltiger Muskulatur, nach dem Zusammenhang des Ganzen vielleicht Vulkan, einen Schlüssel in der Hand, — auf dem Erker rechts von ihm eine sitzende Frauengestalt, eine Tafel mit gelbem Horoskop in der Hand, zwischen den Erkern Venus und Mars, auf dem rechten Erker Minerva, der ein Genius ein offenes Buch mit der Fackel beleuchtet, auf welchem noch die Aufschrift: „Der Weg" zu erkennen ist.   — seit Anfang —

Links unten allegorische Frauengestalten, deren äusserste eine Tafel trägt, die Herstellungs- und Restaurationsjahr angiebt: „$\frac{17}{156}$" —

Die gewaltige Phantasie und der grosse Wurf, die aus diesen Malereien sprechen, verdienen hohes Lob, vor allem setzt uns aber die schier unvergängliche Technik in Erstaunen, die den hohen Stand der damaligen Kunst, technisch genommen, ahnen lässt. Das Ganze leuchtet in prachtvollen Farben, tiefem Rot, sattem Gelb und dunkelm Grün. In dem überquellenden Leben auf der Fläche ist jedoch schon der Kurvenrausch und das Pathos der Barockperiode deutlich zu erkennen, während die Profile der Menschen einen übertriebenen, italienischen Klassicismus, die Körperformen eine Vergröberung niederländischer Muster zeigen. Interessant ist es, diesen auffallenden Stilmischungen auch auf A.'s letzten Werken zu begegnen.

Ob A. gleichzeitig mit Burgkmair[1]) für die Fugger Häuserfassaden malte, oder ob des Letzteren Verhältnis

---

[1]) „Die vormals wegen der Malerey berühmten Fuggerischen Häuser auf dem Weinmarkt waren von seiner (Burgkmairs) Hand auf nassen Wurf gemalt." — P. v. Stetten, K. und Handw.-Gesch. I, p. 277.

zu ihm an diesen Aufträgen sich so gestaltete, wie einst das des Giorgione zu dem jungen Tizian[1]) bei der malerischen Ausschmückung des Fondaco, wissen wir nicht mehr. Vielleicht rührt einiges von den Fassaden der Fuggerhäuser B. 9. 10 und 11 Südseite, deren malerischer Schmuck sich teilweise abgebildet findet auf dem 1634 bei Raphael Custos erschienenen Kupferstich,[2]) darstellend die Huldigung vor Gustav Adolf am 24. April 1632, von der Hand unseres Meisters her. Landschaften, Bauwerke, Kampfesscenen zeigen unverkennbaren, wohl über Burgkmairs Können hinausgehenden Renaissancegeschmack. Sandrart[3]) sah die Fassaden noch zu seiner Augsburger Zeit und sprach von ihnen mit hohem Lobe. — Jedenfalls hat auch unser Meister das Seinige dazu beigetragen, wie die Kager, Rottenhaimer, Freyberger, Bocksberger und Licinio, — der Renaissance rein äusserlich, malerisch, schon in den dreissiger Jahren des Jahrhunderts in den Strassenzügen Augsburgs zum Siege zu verhelfen. Die Baukunst selbst konnte natürlich erst später folgen, Anfang des 17. Jahrhunderts, gefördert durch das Genie und die gewaltige Thätigkeit des Elias Holl.

Auch auf die Glasmalerei dürfte sich unser Meister verstanden haben,[4]) doch ist nichts erhalten geblieben von seiner Thätigkeit in diesem Fach.

---

1) Crowe und Cavalcaselle, Tizians L. u. W., p. 79 ff.

2) Abgeb. b. Adolf Buff, Augsb. Fassadenm. Zeitschr. für bild. Kunst 86. Bd. 21, auf p. 61. Prospekt des ehem. „Weinmarkts", jetzt mittlere Maximilianstrasse.

3) Teutsche Akademie 1675. II. Hauptt. 3. B., p. 232.

4) P. v. Stetten, K. u. Handwgesch. v. Augsb. I, p. 297, nennt „Burgkmair, Amberger, Stör" als Glasmaler. Von B. waren zwei unvollendete Glasmalereien auf runden Scheiben, darst. den Augsbg. Viktualienmarkt nebst Jakob Fugger als Steuereinnehmer und ein Turnier ausgestellt a. d. Vers. des Hist. Vereins für Schwaben 3. III. 1874; vgl. E. von Huber, Zeitschr. d. Hist. V. f. Schw. u. Neubg. I, p. 318.

Ungemein vieles muss von A.'s Werken in un-
ruhigen Kriegszeiten oder durch die kunstfeindlichen
religiösen Strömungen, die er noch selbst erlebte, ver-
nichtet sein; denn er ist offenbar ein äusserst produk-
tiver Künstler gewesen; das beweisen seine zahlreichen
Werke der vierziger Jahre. Von · einer Reihe seiner
Bilder haben wir daher nur noch urkundliche Nachrichten.
Vergangen sind leider jene zwölf grossen Stücke von der
Geschichte Josephs, die Sandrart[1]) als das Beste von A.'s
Hand preist. Sie waren auf Leinwand mit Eiweiss als
Bindemittel gemalt und erwiesen sich leider nicht von
Dauer.

Urkundliche Nachrichten über ein Altarwerk von
1523 haben sich gefunden. E. v. Huber[2]) berichtet aus
der zwischen 1617—1678 niedergeschriebenen Chronik
des Klosters zum heiligen Kreuz zu Augsburg folgende
Urkunde über das verschollene Bild, — nicht ohne Be-
denken wegen der fast hundert Jahre späteren Zeit der
Niederschrift:

„Capitulariter consultatum et conclusum est, ut
velum illud magnum (quod Pannus quadragesimalis vulgo
dicitur) in quo creatio mundi cum Domenico Passione
figuris artificiosissimis per Christoforum Amberger a⁰. 1523
depicta, et hactenus per medium templi dependebat, in
medio dividatur et una pars ante altare (!) B. M. Vir-
ginis, altera ante altare (!) St. Jacobi suspendatur. Et
hoc factum est ob varias et rationabiles causas tum etiam
ut frequenti populo in Quadragesima ad nos concurrenti
melior prospectus in Chorum pateret." —

Verloren ist auch das Porträt der Anna Egnerin,
ein Unicum deshalb, weil es mit A.'s vollem Namen be-

---

1) Teutsche Akad. III. B. Cap. V, p. 235.
2) Repert. III. 1880, p. 236.

zeichnet war. C. G. v. Murr[1]) berichtet: „Im Prauni-
schen Museum befand sich ausser Nro. 117 „Carl V,
und 122 „Seb. Münster", noch Nro. 182 „Anna Egnerin
von Augsburg, voll bezeichnet C. Amberger A.V.G. F.
auf Holz." —

In den alten Inventaren des Anhanges aufgeführt
finden sich noch folgende Bilder, die sich jetzt nicht
mehr nachweisen lassen. Nr. 604. Landschaft mit Liebes-
paar (Ölfarbe auf Holz). — Nr. 47. Eine Jagd. — Nr. 154.
Unser Herrgott an der Säulen. — Nr. 319. Porträt
eines Mannes mit einem silbernen Leuchter in der Hand.
— Nr. 404. Ein Gebäude. — Nr. 67. Ein perspektivisch
gezeichnetes Gebäude.[2])

Erwähnt mögen noch werden Nr. 647 „Mann mit
rotem Bart und schwarzem Pelz" und Nr. 158 „Ein
Frauenporträt", von denen nicht ausgeschlossen ist, dass
damit im Text beschriebene Bilder gemeint sind.

Porträt und Andachtsbild bildeten in Augsburg
sowie im übrigen Deutschland den Stoffkreis für die
Tafelmalerei. Ein starkes, wohlhabendes und selbstbe-
wusstes Bürgertum pflegte den Kultus der Persönlichkeiten, dafür legt das Interesse für das Porträtfach voll-
wichtiges Zeugnis ab. War der Kunst des Mittelalters
der profane Einzelmensch unbekannt geblieben, und
hatte sie sich somit rein kirchlich erhalten, so streifte die
Wertschätzung des Individuellen im Renaissancezeitalter
oft an Übertreibung; das leidenschaftliche Streben nach
Ehren, Glanz und Nachruhm giebt der Bildnismalerei
ihren kräftigsten Nährboden.

1, „Merkwürdigkeiten der Reichsfreienstadt Nürnberg,
p. 474."—In Augsburg waren noch zu Sandrarts Zeit Werke
von A. im Privatbesitz bei Dr. Thoman und Johann
Sigismund Müller. II. Hpt. III B., p. 235.

2) Vgl. Anhang.

Auch A. liefert als echter Renaissancekünstler in
der Bildnismalerei die Hauptarbeit seines Lebens, und
als echter Schwabe folgt er damit den grossen Porträ-
tisten seiner Schule, die Reihe abschliessend, in der die
Holbein, Schaffner, Burgkmair, [1]) Strigel gestanden
— an Feinheit der Beobachtung und verblüffender Ob-
jektivität keinem von diesen nachstehend. Wahrhaftigkeit, Feinfühligkeit und Vornehmheit seines Charakters
mögen A. besonders für die Bildnismalerei befähigt haben; redlich und wahrhaftig, ohne eine Spur von Gefall-
sucht, geben sich seine Menschen, gleichsam uns ihr
tiefstes, eigenes Selbst offenbarend, und mit vornehm-
einfachen Mitteln wird in uns das wunderbare Gefühl
wachgerufen, als liessen sie uns teilnehmen an ihren ge-
heimsten Gedanken. Die früheste Gruppe von A.'s Bild-
nissen zeigt ihn noch abhängig von der gleichzeitigen
deutschen Bildnismalerei, doch scheint er auch da, wo
er schulgemäss und etwas spitz modelliert, auch einseitig
glatt malt, oft mehr dem Geschmack der Zeit und der
Auftraggeber, als seinem besseren Selbst zu folgen. Die
Unregelmässigkeiten in der Entwickelungsfolge seiner
Jugendwerke würden sich teilweise vielleicht durch Ab-
hängigkeit vom Atelier eines anerkannten Meisters erklären lassen. Bei seinen sicheren Werken ist A.'s
Technik anscheinend die der gleichzeitigen Venetianer;
er untermalt nass und setzt breit und flott, doch ungemein weich die Farben auf. Das Wesentlichste an der
Persönlichkeit, der Kopf, ist ihm immer in seinen Por-

1) Drei Porträts in Clairobscur-Druck, geschnitten wohl
von Jost de Negker, Julius II., Profil n. rechts v. 1511
(Bartsch 33), Jakob Fugger (Passavant 119) und Johann
Baumgartner v. 1512, Dreiviertelprofil n. links unt. einem Re-
naissanceportal (Bartsch 34), lassen ahnen, was Burgkmair auf der Höhe seiner Kunst im Porträt vermochte.

träts die Hauptsache, und deshalb behandelt er auch am gründlichsten und liebevollsten die Carnation. Vom Fleische geht das Licht aus, dem sich die Lokalfarben mit der grössten Feinheit anpassen. Die im allgemeinen dunkle Grundfarbenstimmung seiner Porträts weiss er in ausserordentlich geschickter Weise zu heben und zu kontrastieren durch einen einzigen, wie zufällig hinein-geworfenen Fleck von glühendstem Purpurrot,[1]) ein für A. oft charakteristisches Zeichen. Fast immer operiert er mit Farbgold, was doch in technischer Beziehung einen Fortschritt bedeutet, und wo er einmal davon ab-geht,[2]) geschieht es sicher auf Wunsch der putzsüchtigen Bestellerin. Bei den Männern liebt er im allgemeinen Dreiviertelprofilstellung nach rechts, bei den Frauen die entsprechend entgegengesetzte. Die äusserst wichtige Rolle der Hintergründe bei den Porträts kennt er wohl, er bindet sich aber nicht an eine Art, sondern weiss geistvoll abzuwechseln. So erzielt auch A. kühle Vor-nehmheit bei seinen Frauentypen; seine Männer tragen jene „senatorische Würde" zur Schau, die die alten Chronisten von den Porträts der venetianischen Schule rühmen.

Jugendwerke unseres Meisters sind bei dem Mangel an Urkunden und Bezeichnungen und in Anbetracht des unsteten Lebens, das er in den 20er Jahren des Jahrhunderts wohl geführt haben dürfte, mit Sicherheit kaum nachzuweisen.

Vielleicht haben wir ein solches in dem jungen Manne aus vornehmem Geschlecht von 1523,
Augsbg. Gal. Nr. 652, bez. „Augsbg. Meister des XVI. Jahrh."
Dreiviertelprofil nach links von düsterem Ge-

---

1) Beispiele dafür sind die Bilder des Schwartz, Peu-tinger, Sebast. Münster, Karl V. u. A.
2) Z. B. b. Afra Rem. Katalog Nr. 14.

sichtsausdruck, das blonde Haar von schwarzem Barett
mit Agraffe und Feder bedeckt, blonder Voll- und Schnurrbart. Halbfigur. Bekleidet mit Lederkoller, darunter
ein geschlitztes Gewand in weissen, roten, grünschwarzen
und gelben Streifen. Ein Ausschnitt auf der Brust lässt
ein weisses Hemd mit goldener Borte sehen. Die Hände
halten Schwert und Dolchgriff. Hintergrund Nische.
Links oben auf dem Rücken eines Buches, auf dem ein
Totenschädel liegt: ALT Z6
an einer Kante links: 1523
      Lindenholz. 75 cm h., 57,50 cm br.

    Das Ganze ist stark verblichen; bei 6 und 23 der
Aufschrift Spuren von Rasuren. Die Haare sind in
harten, dünnen Strichen gezeichnet, die Hände hölzern
und kantig modelliert, die ängstliche Zeichnung verrät
den Anfänger. L. Scheibler notierte 1886: „Wohl nur
ein verwandter Meister, auch etwas unbedeutend für A."
(Fr. pers. Mitt.)

    W. Schmidt neigt der Ansicht zu, A.'s Hand in
diesem Bilde zu sehen. (Fr. pers. Mitt.)

    Bildnis eines Fugger bei Prof. R. v. Kaufmann, Berlin
von 1525.

    Kopf eines ca. 30jährigen Mannes, Dreiviertelprofil
nach links, in starksträhnigem, geteiltem Vollbart und
gleichartigem Lippenbart. Hageres Gesicht mit dunkeln
Augen. Vom Haupthaar nur ein Schopf inmitten der
hohen Stirn sichtbar, das übrige bedeckt eine gelbe,
hohe Kappe. Bekleidet mit struppigem Pelz, aus dem
der Rand des Brokatgewandes hervorschaut. Dasselbe
umschliesst in steifem Kragen den Hals, vorne an den
Kappen des Ausschnitts wird die weisse Fütterung
sichtbar.

    Oben links am Rande in gelben Buchstaben:
    MDXXV · AM · X · TAG · MARCI

Hellblauer, in Gesichtshöhe weisser Hintergrund.
Holz. Dreiviertel Lebensgrösse.

L. Scheibler schreibt das Bild A.'s Frühzeit zu.[1] In der realistischen Modellierung des Gesichtes zeigen sich gewisse Ähnlichkeiten mit dem besprochenen Bilde Nr. 652 der Augsbg. Galerie. Der merkwürdige, hellblaue Untergrund wohl durch Ausbleichen noch zarter als ursprünglich. In der harten, aber sichern Behandlung von Haar und Pelzwerk keine Spur von Ähnlichkeit mit A.'s Technik auf seinen gesicherten Werken. Es erscheint uns schlechterdings ausgeschlossen, dass dieses Bild von 1525 und die sofort zu besprechenden Bilder des Ehepaars in Wien aus demselben Jahre von der Hand eines und desselben Meisters stammen sollen, wie doch L. Scheibler annimmt.

Wien, Kunsthist. Hofmuseum.

Ehepaar von 1525, Nro. 1463 und 1465, dort „deutsche Schule von 1525" bezeichnet.

1463 (1509). Ein jugendlicher Mann steht in ganzer Figur, Kopf Dreiviertelprofil nach rechts, in einen weiten, dunklen Pelz gehüllt, angethan mit einem rot, weiss und schwarz längsgestreiften Unterkleid, die linke Hand am Degen, in der Rechten einen Apfel. Am Halsausschnitt schimmert eine Blattgoldkette.

Er hat den Blick zu Boden gesenkt, negerartigen Haarwuchs, dünnen rötlichen Schnurr- und spitzen Kinnbart. Am Thürrahmen des Hintergrundes:
CREDO · VIDERE · BONA · DOMINI · IN · TERRA
· VIVENTIUM · PSAL · XXVII ·
Auf einem Metallschilde in Kopfhöhe:
A͞N: A · NATO XP͞O · ÆTATIS ·
· MDXXV · · XXIII ·

---

1) Fr. pers. Mitteilung.

Holz. 190 cm h., 101 cm br. (1728 in der Stallburg).

Als Gegenstück dazu:

1465 (1510). Junge Frau in ganzer Figur, $^3/_4$ Ansicht nach links, in reichem, rotem Gewand mit dunkelgrünem Besatz. Die flache Haube und das Mieder zeigen reiche (Blatt-) Goldstickereien. Hals und oberer Teil der Brust, den ein Leinenhemd umhüllt, schmücken dicke Goldketten. Die Hände sind in die langen Ärmel geschoben. Eine goldene Gürtelkette reicht mit ihren Enden bis zum Boden.

Am Rahmen des Hintergrundes:

NON · DERELINQVA · ME · VNE · DEVS · MEVS · NE · DISCESSERIS · A · ME · PSAL · XXXVIII ·

In Kopfhöhe auf einem Metallschild:

AN̄: A · NATO XPŌ · ÆTATIS ·

· MDXXV · · XXXI ·

Holz. 191 cm h., 101 cm br. (1728 in der Stallburg).

Der Mann war ursprünglich mikrocephal; um das Missverhältnis, in welchem der Schädel zur Figur stand, auszugleichen, wurde offenbar der auffallende Haarwuchs hinzugemalt. — Die Haltung beider Figuren ist durchaus Augsburgisch, sie sind von der Hand eines Anfängers von ungewöhnlichem Talent. Teilweise Befangenheit der Ausdrucksmittel verstärkt die Starrheit der Gesichter, die an sich wohl ebenso wie das auffallend blutleere Fleisch der Frau individuell vorhanden waren. Beim Mann ist die Carnation wärmer und auch die Zeichnung weicher und eher an A. gemahnend.

Bode, Lippmann halten in Bezug auf diese Bilder nicht mehr entschieden ihre frühere Meinung „Strigel" aufrecht. Eisenmann dachte schon 1872 an

A.[1] — L. Scheibler[2]) und H. Janitschek[3]) sind bestimmt für A. Beim Manne die Mängel der Modellierung
durch Abreiben noch verstärkt, was schon Waagen
hervorhob. Holzart nach Woermann Eiche, nach
Engerth und F. Stiassny ein überseeisches Holz.[4])

Den Hauch der Individualität unseres Meisters
spüren wir zum ersten Male an dem prachtvollen Bildnis des **Anton Welser von 1527** im Besitz des Freiherrn
Ludwig von Welser in München.

Brustbild eines noch jugendlichen Mannes, der,
dreiviertel gegen rechts gewendet, in einer Nische mit
Kuppelwölbung steht. Das rötlich blonde, lang herab-
wallende Haar bedeckt ein breitkrämpiges Barett. Das
offene sympathische Gesicht mit der energischen Falte
zwischen den Augen wird von rötlichem Vollbart umrahmt. Dünner Schnurrbart von derselben Farbe. Aus
dem viereckigen Ausschnitt des dunkeln Gewandes ragt
ein zierlich gearbeitetes Hemd empor, dessen Krause,
von zwei Nesteln zusammengehalten, den Hals umschliesst.
Über die Brust fällt eine feine Kette in Farbgold herab.
Die linke, mit Ringen geschmückte Hand hält einen
schmalen Zettel mit der Aufschrift:

1527
AETATE
ANNO
XXXXI

Auf dem Tisch zwei Goldmünzen. Lebensgross.
Lindenholz.

Spuren von Restaurationen sind besonders im
oberen Teile des Bildes zu bemerken. Retouchen in

---

1) Vgl. Scheibler, Repert. X. 1887, p. 292.
2) Ebenda.
3) Geschichte d. Deutschen Malerei, p. 433.
4) Bei Scheibler a. a. O.

der Kleidung, besonders am Hemd. Einzelne abge-
blätterte Teile des Gesichts übergangen, im ganzen gut
erhalten.

Das Bild war ausgestellt auf der Schwäbischen
Kreisausstellung Augsburg S. 1886.[1]

Es bezeichnet einen Markstein in der Entwickelung
unseres Künstlers. Bei grösster Vornehmheit der Auffassung ist es in erstaunlicher Weise venetianisch,
woraus auch die Familientradition sich erklären mag,
die das Bild dem Tizian zuschrieb. Die meisterhafte
Technik und die wunderbare Leuchtkraft der Farben
kommen offenbar direkt von Venedig her.

L. Scheibler[2]) denkt an A. bei dem jungen Mann
aus vornehmem Geschlecht, Alte Pinakothek, München,
Nr. 192, dort „Schule Bernh. Strigels" genannt,

— von 1529. —

Brustbild, fast Profil nach links. Das blonde, in
der Stirn kurz abgeschnittene Haar bedeckt ein gross-
krempiger, roter Hut. Ein schwarzer Überwurf verbirgt
teilweise das rotgemusterte Untergewand, den Hals umschliesst die weisse Hemdkrause, über derselben hängt
eine schwarze Schnur. Die linke, ringgeschmückte Hand
hält einen Zettel mit Aufschrift:

Ronner zw bannden-Swatz.

1529. XXVIII.

Holz: 48 cm h., 38 cm br.[3])

In der Zeichnung der Hände gewisse Anklänge an A.'s
Art. Das spitz gezeichnete Gesicht und der blasse, kalkige
Ton desselben stimmen durchaus nicht zu ihm, ebenso-

---

1) Vgl. L. Scheibler, Repert. 1887, X, p. 29, und H.
E. v. Berlepsch, „Die kunsthist. Abt. d. Schwäb. Kreis-
ausstellg. z. Augsbg., Lützows Zeitsch. f. bild. Kunst, 1887.
2) Fr. pers. Mitteilg. Auch Mündler hatte A. genannt.
3) Rückseite Wappen mit Lilie auf Halbmond.

wenig die nicht gerade feine Wahl der Farben, speciell nicht das dem A. fremde helle Lackrot des Hutes. Mit dem Welser von 1527 hält das Bild keinen Vergleich aus, und wir vermögen nicht einzusehen, wie ein Künstler, der 1527 schon so souverän seine Technik meisterte, 1529 sich so gedrückt und unfrei geben sollte.

Annähernd in die gleiche Zeit mit dem Welserbilde mag das Bildchen einer Fugger, beim Fürsten Fugger-Babenhausen in Augsburg,[1]) fallen.

Hüftbildchen einer jungen Dame, Dreiviertelprofil nach links.[2]) Das rötlich-blonde Haar ist mit Perlketten und Geschmeiden zu einer kunstvollen Frisur zusammengefasst und von einem kleinen Barett bedeckt. Aus dem schwarzen Seidengewand lugt ein schmaler, weisser Streif des Untergewandes hervor, der mit reicher Borte in Gold und Rot geschmückt ist. Um die Hüften schlingt sich eine aus goldenen (Farbgold!) Sternchen gebildete Kette, mit welcher die in eleganter Linnenmanschette steckenden Hände tändeln. Handschuhe in den Händen.

In Mundhöhe scheint sich früher eine langzeilige Inschrift befunden zu haben. Grüner Grund.

Auf Lindenholz. Dreiviertel lebensgross.

Hände trotz versuchter Individualisierung durchaus A. Carnation ein wenig blass. Vornehme Farben-

---

1) L. Scheibler, Repert. 87. X., p., 29 nennt „A." als Meister des Bildes.

2) Die Persönlichkeit der Dargestellten ist aus „Fuggerorum et Fuggerarum Imagines Aug. Vind. Domenic. Custodis 1593" und „Pinakotheca Fuggerorum Vlmae MDCCLIV" nicht nachzuweisen. Der Zeit nach, in welcher wir das Bild entstanden glauben, könnte es die Anna Rechlinger sein, die 1527 den Anton Fugger heiratete, doch geben die diese Dame darstellenden Stiche, p. 11 r. in F. u. F. I. und p. 12 in P. F., keinen Anhalt für diese Vermutung.

zusammenstellung. Das fein modellierte Köpfchen ist ein Kabinettstück A.'scher Diskretion.

Auf der schwäbischen Kreisausstellung 1886 war das Bild als „unbekannt" ausgestellt.[1])

In diese Zeit gehört auch das Bild eines jungen Mannes im schwarzen Barett. **Wien, Gal. Lichtenstein, Nr. 711.**

Brustbild eines Jünglings, Dreiviertel-Profil nach rechts, das rotblonde Haar von schwarzem Barett bedeckt. Spärlichen, roten Kinn- und Backenbart im zarten Gesicht. Angethan mit braunem Gewande, mit hohem Kragen, das mit gelblichem Pelz gefüttert ist. Darunter weisses Hemd mit quadratischen Mustern und goldgesticktem Kragen.

Dunkler Hintergrund.

Auf Holz. In halber Lebensgrösse.

Im Stil des Fuggerbildchens, aber schwächer und verblasen. — Der Eindruck der Blässe, den die Figur macht, wird verstärkt durch den tiefdunkel übermalten Hintergrund.

Aus dem Jahre 1530 hat sich erhalten **Wien, Gal. Graf Harrach Nr. 328, „Moritz von Ellen".**

Brustbild eines Mannes in reiferen Jahren, Dreiviertelansicht nach rechts, gegen links aus dem Bilde herausblickend, das ergrauende Haar von dunkler Mütze bedeckt, in blondem Vollbart. Er trägt einen schwarzen Rock mit hohem Kragen. Am Halse ein Dreieck tiefroten Untergewandes und ein Stückchen des weissen Hemdes, ebenso Halskrause sichtbar.

Auf dunkelgrünem Grund.

Holz. 49 cm h., 39 cm br.

---

1) Vgl. H. E. v. Berlepsch, Lützows Zeitschr. f. bild. Kunst 1887. Das Porträt ist daselbst reproduziert auf p. 359.

Durch die tiefen Falten des Gesichts und die ernst-
blickenden braunen Augen wird eine äusserst lebendige
Charakteristik erzielt.

Da der Hintergrund parkettiert ist, sind die Aufschriften „poeta laureatus" und „1530", die Woltmann
offenbar noch gesehen hat, jetzt nicht mehr in Augen-
schein zu nehmen.

Ebenfalls von **1530** „Ullrich Sulczer", Wien, Kunsth. Hot-
museum Nr.1515 (1433). Brustbild eines alten bartlosen Mannes, der, das Gesicht Dreiviertelprofil nach links gerichtet,
hinter einem grünbehangenen Tisch sitzt, auf den sich
sein linker Unterarm stützt. Die linke, ringgeschmückte
Hand hält eine Nelke. — Sein Haar bedeckt ein
schwarzes Käppchen. Angethan ist er mit einer weiten,
braunen Pelzschaube. Ein Stückchen Halskrause ist
sichtbar.

Teilweise zerstört, oben links in schwarzer Kapital-
schrift: VLLRIH SVLCZ? R
Rechts oben: LXXV. IAR
Zwischen beiden Inschriften, aber etwas tiefer und
näher dem Haupt des Dargestellten: MDXXX.[1]

Auf dunklem Grund.
Lindenholz. 64 cm h., 51 cm br. (Schloss Ambras.)

---

1) F. v. Frimmel, Monatsbl. d. Wiener Altertumsver-
eins 1889 Januarheft, p. 7 f., hat diese Inschrift zuerst veröffentlicht. Vgl. Kunstchronik XXIV Nr. 36. W. Schmidt
stimmt dieser Lesart zu, Repert. XII. 90, p. 274, die übrigens
durch eine Rötelschrift in Kursiv „sulczer" auf der Rückseite
des Bildes noch bestätigt wird.

Die Jahreszahl dürfte doch nicht vollständig erhalten
sein. Dafür, dass das Bild später als 1530 entstanden sei,
spricht ausser stilistischen Gründen noch die Thatsache,
dass Ulrich Sulczer, Sohn des Hartmann Sulczer und der
Apollonia Pfisterin, der im Juli 1463 geboren wurde, als erster
Sulczer 1538 in das Augsburger Patriciat aufgenommen,

Ein vortreffliches Bild. Der verkniffene Zug des
Gesichtes ist staunenswert gelungen, das Fleisch ist tief
warm, der Farbenauftrag sehr zart und leicht, so dass
man z. B. die ursprüngliche Unterzeichnung des Mundes
durchschimmern sieht. Wunderlich genug, selbst für A.,
ist die linke Hand gezeichnet. Auf der linken Backe
Lasuren, Hintergrund und grüne Tischdecke stark übermalt; im allgemeinen gut erhalten. Das Bild hebt sich
deutlich von A.'s gewöhnlicher Art ab, erst ein detaillierter Vergleich der überaus zarten Technik mit der
Feinmalerei an dem Berliner Bild Karls V. sprach überzeugend für A.'s Urheberschaft.

Bei Sacken II, 58 steht „Joh. Schorel", ebenso im
Jahrbuch der preuss. Kunsts. II, 214 „Jan Scorel", Waa-
gen war für A., ihm schloss sich Engerth an.[1] W.
Schmidt[2]) und F. v. Frimmel[3]) nennen bestimmt A.

Wie der „Ulrich Sulczer" beweist, stand unser
Meister in seiner Kunst auf einer Höhe, die der Vollendung nahe war. Mehrere Meisterleistungen dieser
Art, zumal wenn vielleicht vornehme Personen zu
seiner Kundschaft gehörten, mögen seinen Ruf weithin
verbreitet haben, so dass auch sein Name in der Um-

---

und wohl erst nach dieser Rangerhöhung liess er sich
malen. Er starb 1545, nachdem er seit 4. Mai 1494 mit Anna
Waltherin, Tochter des Hans Walther und der Madalena
Langenmantel von Radau verheiratet gewesen war (vgl.
Städtechroniken, Augsbg. III, p. 386 u. 387). Ulrich soll mit
dem Kurfürsten Friedrich dem Weisen eine Reise nach dem
heiligen Grab gemacht haben und dort zum Ritter geschlagen
sein. (Vgl. Herz von Herzbergs Nachrichten über das
Sulczersche Wappen und Geschlecht, Augsb. 1768.) (Fr. pers.
Mitteil. des Herrn Archivar Dr. Buff zu Augsburg.)

1) Kunstchronik XXVI. Nr. 36.
2) Repert. XIII. 1890, p. 274.
3) Fr. pers. Mitteilung.

gebung des Kaisers genannt wurde. Von den näheren
Umständen, unter welchen unser Meister zu der höchsten
Ehre seiner Künstlerlaufbahn kam, ist nichts überliefert
worden. Der Kaiser sass ihm 1532.

Karl V. v. 1532, · Berl. Gal. Nr. 556.[1]) Brustbild,
Dreiviertelprofil nach rechts. Der Kaiser trägt das halblange, rötlich blonde Haar von einem flachen, teller-
artigen, dunklen Barett bedeckt und zeigt ein zart
blasses, sensitives Gesicht, aus welchem bläuliche Augen
leuchten. Die Habsburger Lippe ist auffallend hervorgehoben, der Mund geöffnet; der zugespitzte rötliche
Kinn- und Schnurrbart vermögen die vorstehende untere
Partie des Gesichtes nicht zu verdecken[2]) und den
weichlich müden Zug des Gesichtes nicht zu verwischen.

Der Kaiser trägt ein grau-goldiges Sammetkleid,
darüber das goldene Vliess, als Oberkleid eine schwarz
sammtne Schaube. Auf dem Barett, wie an Achseln
und Unterarmen Nesteln in Farbgold. Die Rechte, mit
einem weissen, durchbrochenen Handschuh bekleidet,
fasst ein Brevier, den andern Handschuh hält die linke
Hand. Beide Hände ruhen auf einem mit satt-rotem
Tuch überzogenen Tisch.

Über dem Haupt des Kaisers findet sich der doppel-
köpfige Reichsadler mit dem Reichswappen zwischen den
Säulen des Herkules und dem weiss aufgehöhten Wahl-
spruch: „PLVSS OVLTRE"
Darunter: ÆTATIS XXXII
Violett-grauer Hintergrund.
Lindenholz, 66 cm h., 50 br. (erworben vor 1820).

1) Gestochen von Karl Hübner.
2) „Der Mund, mit dem Karl betete, war sehr geöffnet,
das Kinn mehr als gewöhnlich hervorragend, die unteren
Zähne stimmen nicht ganz mit den oberen überein." —
Christ. Scheurl bei Soden, Beiträge, p. 99.

Auf der Rückseite der Holztafel findet sich in grosser, weisser Kreideschrift, halb verwischt:

Cristoff Hamberg   Als späte-   „die Handt vom
zu Augspurg   rer Zusatz: Amberger"

Das Berliner Bild ist auffallend blass, zart und weich gemalt; — von der sanftesten Pinselführung zeugen die Linien der ursprünglichen Stiftvorzeichnung, die man am Halse, am Halskragen und am Ohr deutlich durchschimmern sieht. Der Hintergrund ist ausgeblichen; er war, wie die Restauration zeigte, ursprünglich bräunlichviolett. Überhaupt scheint zu der geheimnisvollen Blässe des Bildes die Zeit ebensoviel, wie die originelle Farbenkunst des Malers beigetragen zu haben.

In der Galerie des Instituts der schönen Künste zu Siena findet sich unter dem Namen „Giovanni Holbein" aus der Donazione Spanochi ein anderes Exemplar dieses Bildes, heute allgemein als Kopie angesehen,[1]) das Woltmann[2]) für das Original hielt. Da wir es nicht gesehen haben, folgen wir Woltmanns Beschreibung.[3]) „Der Kaiser, fast Profil und gegen rechts blickend, ist geistig nicht gerade tief, wohl aber treu und vortrefflich aufgefasst. Er trägt eine dunkle Schaube, eine karmoisinrothes, ausgeschnittenes Wamms darunter; die Rechte (!) hält ihren Handschuh, während die Linke (!) bekleidet ist. Der dunkle Grund mag ursprünglich grün gewesen sein. Das Bild ist tief und kräftig in der Farbe, im Fleischton sehr bräunlich, an Klarheit Holbein ähnlich, dabei aber noch wärmer, als die Arbeiten des Letzteren. Gegen Holbeins feinvollendete, scharfbestimmte Behandlung ist die Vortragsweise breiter und

---

1) Für eine Kopie hält es L. Scheibler — A. Bayersdorfer für eine unbedeutende Kopie (fr. pers. Mittlg.).
2) Meyers Allg. Künstlerlex. I, p. 600.
3) A. a. O.

moderner. Die Zeichnung bleibt an Genauigkeit und
Formverständnis hinter Holbein zurück, namentlich in
den Händen."

Eine gute Kopie nach dem Berliner Bilde besitzt
die Galerie zu Lille.[1])

Der weltgeschichtliche Charakter des Kaisers scheint
im Berliner Bilde vortrefflich festgehalten. Wie durch
ein Teleskop schaut man die Jahrhunderte zurück, wenn
man sich in dies blasse Antlitz vertieft, und vor dieser
Incarnation des Weltreichs und der Weltkirche ahnt
man die Energie eines Charakters, den in der Überfülle
seiner Lebensäusserungen bis heute noch kein Geschichts-
schreiber zusammenzufassen vermochte.

Was uns von des Kaisers Persönlichkeit überkommen,
finden wir bei A. wieder: „Zart und weiss von Fleisch,
aber ohne Farbe — das Antlitz nicht schön zu nennen
weil der grosse Mund und das weit vorgestreckte Kinn
dasselbe entstellt, die Nase etwas gross und adlerartig
und dieser Teil des Gesichtes sehr gedrängt (presse e
valliva)."[2])

Das Bild Karls V. von A. wird erwähnt bei C. G.
v. Murr,[3]) wo auch die Schilderung des Jesuiten Mase-
nius (de uita Caroli V. Imp. L. IV § 44), die dieses
Kunstwerk betrifft, sich citiert findet.

Auch P. v. Stetten[4]) berichtet davon: „Auf unserm
Rathause ist noch ein Bildnis eben dieses Kaisers von
hm, aber ziemlich vergangen."

Das Berliner Bild zeigt auffallende Ähnlichkeiten

---

1) Fr. pers. Mittlg. des Herrn Dr. v. Tschudi, Berlin.
2) v. Bucholtz VI, p. 499 der „Geschichte der Reg.
Ferdinands des Ersten" — a. d. Schlussbericht des Mocenigo.
(1543).
3) Merkw. d. Reichsfreienstadt Nürnberg, p. 474.
4) Kunst- und Handwerksgesch. von Augsburg I, p. 278.

mit Barthel Behams vortrefflichem Kupferstich vom
Jahre 1531, angefertigt wahrscheinlich nach einer im
Juni 1530 beim Einzuge Karls V. und Ferdinands I. in
München aufgenommenen Skizze.[1]) Beham hat trotz
der früheren Lebenszeit den Kaiser männlicher und ro-
buster dargestellt als A.; trotzdem dürfte letzterer den
Stich gekannt und bei Anlehnung an das äussere Arrangement die Auffassung der Persönlichkeit bewusst va-
riiert haben. A.'s Bild hat in der zeitgenössischen Kunst
offenbar Schule gemacht. So geht darauf zurück ein Hochre-
lief mit ausgeschnittenem Grund aus Alabaster,[2]) 14 cm h.,
12,5 cm unten br., 2,2 cm dick, im K. Münz- und An-
tikenkabinett zu Wien. Die ungemeine Zierlichkeit
und Noblesse der Auffassung lassen mehr an A.'s Muster,
als an das des Barthel Beham denken.[3]) Da die auffallende Weichheit der Umrisse, die Grazie der Modellierung, nicht minder das welsche Material auf Augsburg
hinweisen und nach damaligem Gebrauch, wie schon
vorher erwähnt, wohl nicht der Bildschnitzer[4]) selber
die Originalaufnahme des Porträts gemacht haben dürfte,
so könnte A. auch der geistige Urheber dieses Bild-
werkes sein.

Von Sandrart[5]) wissen wir, dass unserm Künstler
für sein Kaiserbild Dank und allerhöchste Anerkennung

1) Ad. Rosenberg, Sebald und Barthel Beham, p. 24.
2) Abgebildet bei Joseph Arneth, Cinquecento-Cameen
im k. k. Münz- und Antikenkab. Taf. VI. S. 86. Publ. a.
Taf. II. d. Jahrb. d. Kunsth. Smlg. d. K. 1886 Bd. IV und
beschrieben ebenda p. 6 v. F. Kenner, Cameen u. Modelle
d. XVI. Jahrh.
3) An den F. Kenner denkt a. a. O.
4) Vielleicht Victor Kaiser, den v. Stetten als
Künstler der Alabasterstatuette einer Muse erwähnt. Bei
F. Kenner a. a. O. Anm. 4.
5) Teutsche Akademie II. Hpt. III. Bd. Cap. V, p. 235.

des Monarchen nicht fehlten. Ausser reichlichem Ent-
gelt und einer goldenen Gnadenkette dürfte ihn wohl
noch ganz besonders die kaiserliche Kritik erfreut haben,
„dass ihn selbst Tizian nicht besser getroffen hätte.“[1])
Es dürfte das Endziel des Ehrgeizes unsers Meisters
gewesen sein, durch das Urteil des nicht nur kunst-
liebenden, sondern auch kunstverständigen Kaisers mit
Tizian auf eine Höhe gestellt zu werden, mit dem Welt-
berühmten, zu dem A., wie seine Werke beweisen, immer
als höchstes Vorbild aufschaute. Wie schon angedeutet,
hat er sich in Venedig am meisten durch Tizians Kreise
beeinflussen lassen, und wenn wir auch nicht an ein
direktes Schülerverhältnis[2]) denken mögen, so dürfte er
doch als fertiger Künstler den Tizian eifrig studiert, viel

---

1) Diesem Glanzpunkt in seiner Künstlerlaufbahn hat A. es
zu verdanken, dass sich auch in den trübsten Zeiten Deutsch-
lands das Gedächtnis seines Namens über den Kreis der Fach-
leute hinaus erhielt. In dem 1735 bei P. van Ghelen erschienenen rad. Werk „Prodromus zum Theatrum Artis Pictoriae“, her-
ausg. von Franz v. Stampart und Anton v. Prenner,
nach den Originalplatten in der Hofbibliothek zu Wien abge-
druckt von Dr. Heinr. Ziemermann, Jahrb. d. Kunsth. S.
d. K. VII. 1888. Teil II, steht Taf. 16 r. u.:
„In ihrem Amberg will auch Teutsch-land sich gefahlen
Philippens grossen Sohn darfft nur Apelles mahlen
Den Fünfften Carl er: so ihme sezet bey
Das er von Titian nicht so entworfen sey.“
Im Galerienwerke ist reproduziert Taf. 4, die „Herodias
das Haupt des Täufers vom Henker empfangend“ — leider
gerade kein Werk A.’s.; vgl. Katalog Nr. 74. Jetzt Wien,
Kunsth. Hofm. S. I. Nr. 25 „Cesare da Sesto“ zugeschrieben.
2) Tizian nahm sich wenig seiner Schüler an. „Zwar
haben sich viele bei ihm in die Lehre begeben, doch ist die
Zahl derer, welche man wirklich seine Schüler nennen kann,
nicht gross, indem er nicht viel Anweisung gab, jeder aber
mehr oder weniger lernte, nachdem er es verstand, die Werke
des Meisters zu nutzen.“ Vasari, Bd. 6, Kap. CLIV, p. 63.

von seiner Hand gesehen und manchen seiner Vorzüge
sich angeeignet haben. Auffallend sind auch gewisse
Ähnlichkeiten im Porträt zwischen A. und Paris Bordone,[1]) dessen Schülerzeit bei Tizian doch sicher ist.

Als junger Künstler konkurrierte A. mit dem grossen
Tizian, und ihre beiden ersten Kaiserporträts sind ungefähr gleichzeitig fertig geworden. Für A.'s Bild steht
das Jahr 1532 durch den Altersvermerk (ÆTATIS XXXII)
fest, Tizian malte den Kaiser zum ersten Mal nicht
1530, wie oft angegeben wird, sondern auch erst 1532.[2])
Diese Gleichzeitigkeit ist wichtig für die Schätzung von
A.'s Künstlerruf, der, diese Konkurrenz berücksichtigt,
in Deutschland nach 1530 schon der allerbeste gewesen
sein muss.

Ob die Nachricht Vasaris[3]) richtig, dass der Kaiser

1) Hatte Bordone Beziehungen zur Augsburger Kunst,
als er nach 1538 diese Stadt besuchte? — „Viele Werke von
grosser Wichtigkeit übernahm er zu Augsburg, im Palast der
Fugger gegen 3000 Scudi. Auch malte er in derselben Stadt
für die sehr angesehene Familie der Priner ein grosses, überaus schönes Bild, wobei er in der Perspektive die fünf Regeln
der Baukunst anwendete, und ein anderes Zimmergemälde,
welches sich im Besitz des Kardinals von Augsburg befindet."
Vasari, Leb. d. Bordone, B. 6, Kap. CLIV, p. 67.

2) Tizian hatte bei der ersten Sitzung in Bologna den
Bildhauer Leopardi eingeschmuggelt, der heimlich ein Wachs-
relief des Kaisers formte. Der Kaiser bemerkte jedoch sein
Thun, liess sich das Relief zeigen, lobte es und befahl, dasselbe,
in Marmor ausgeführt, nach Genua zu schicken. Letzterer
Nebenumstand ist wichtig, — er beweist, dass die Sitzung im
Winter 1532 auf 33 und nicht 1530 stattfand. Denn in letz-
terem Jahr berührte Karl Bologna auf seinem Wege von
Genua nach den Alpen, während er im Jahre 1532, aus Deutsch-
land kommend, nach Spanien weiterging und zwar zu Schiff
über Genua. Vgl. Crowe und Cavalcaselle, Tizians L. u.
W., I, p. 301 ff.

3) Vasari B. 6, p. 41 u. 51.

seit dem Tage, da er Tizian gesessen, sich von keinem
andern Maler habe porträtieren lassen und dies Privileg
dem Venetianer durch Patent vom 10. Mai 1533, aus-
gefertigt in Barcelona, für Lebzeiten zugesichert habe,
lassen wir dahin gestellt. Direkte Aufträge des Kaisers
scheint A. ja noch im Jahre 1551 gehabt zu haben;[1])
welcher Art dieselben waren, ist nicht nachzuweisen.
Hoffentlich verbreiten noch weitere Publikationen über
die Kunstbestrebungen Karls V.,[2]) die besonders aus den
Archiven der romanischen Völker zu schöpfen hätten,
Licht über das Verhältnis unseres Meisters zu dem kaiserlichen Hoflager. Nicht unmöglich wäre es ferner
auch, dass wir auf diesem Wege Nachricht über persönliche Beziehungen der beiden Kaisermaler zu einander
erhielten, über sie, die in ihrem innersten Kunstempfinden
so eng verwandt, und deren Lebensbahnen sich oftmals
kreuzten.

Die Thatsachen scheinen allerdings dem Vasari,
nach welchem der Kaiser Tizian das alleinige Maler-
privileg auf seine Person verliehen hatte, Recht zu geben.
Der Kaiser sass ihm bekanntlich fünfmal. Von den
für uns aus Vergleichsrücksichten besonders interessanten
Bildern vom Winter 1532 auf 33 ist das eine in Lebensgrösse, das Karl in der Rüstung zeigte, durch Brand-
schaden verloren gegangen, nachdem es eine Zierde der
Paläste von Brüssel und Madrid gewesen war. Das andere ist das Galaporträt aus dem Museum zu Madrid,
es stellt den Kaiser dar in spitzgeschnittenem Vollbart
vor einem sattgrünen, halbgerafften Vorhang in Seiden-
wams und Federbarett. Zur Linken ein rehfarbener

---

1) Siehe Anhang. 6909.
2) Manuel R. Zarco del Valle, Beiträge zu den
Kunstbestrebungen Karls V. mit besonderer Berücksichtigung
Tizians. Jahrb. d. Kunsth. S. d. A. K. 1888, VII, p. 221.

Hund spanischer Rasse.[1]) In Madrid befindet sich auch
das berühmte Reiterbildnis des Kaisers, welches Lermolieff, was Auffassung anbelangt, für das schönste
Bild der Welt erklärte.[2]) Der Kaiser, am Morgen der
Schlacht bei Mühlberg gegen die Elbe vorsprengend, in
schwarzer Rüstung mit Schärpe in den rot-goldenen
Burgunderfarben, eine Lanze in der Rechten.

In schmerzlicher Einsamkeit der Krankheit zeigt
ihn das Bild Alte Pinakothek 1112. Warm bekleidet
mit dunklem Pelzgewand und wildledernen Handschuhen,
sitzt der Kaiser im rotsammtenen Armstuhl. Im Hintergrund gelber Teppich, Säule und Ausblick in die Landschaft. Auf dem Boden hellroter Teppich, an der Stein-
mauer: MDXLVIII
                    TITIANVS · F

Das kleine Bildchen Wien Nr. 463 (509) zeigt den
Kaiser in höchster Einfachheit in schwarzer, spanischer
Tracht ohne Abzeichen. Die unheimlich grossen lei-
denden Augen und die grünliche Carnation verstärken
noch den melancholischen Eindruck des Bildes, das in
seiner Anspruchslosigkeit vortrefflich wirkt.

Ganz im Gegensatz zu A. reklamiert Tizian auf
seinen Bildern den Kaiser als Angehörigen der latei-

---

1) Diesem Bilde ist das Gemälde Wien Nr. 1577, von
Jakob Seisenegger offenbar frei, aber wenig glücklich
nachempfunden, bez. mit Monogramm und 1532.

Vgl. über J. Seisenegger E. Birk, Mitt. d. k. k. Central-
Kommission für Erforschung und Erhaltung der Baudenk-
mäler IX, 1864, p. 70 ff. Interessant ist das Jugendbild Karls V.
in gelb geschlitztem Wams. Wien, Kunsthist. Hofmus.
Nr. 1503, bez. „Math. Grünwald?" — Vgl. auch Verzeichnis der
früher in Spanien befindlichen Gemälde Tizians, darstellend
Karl V., bei C. Justi, Jahrb. d. pr. Kunstsmlgn. 1889, X,
p. 184.

2) Werke ital. Meister i. d. Gal. zu München, Dresden
und Berlin, p. 47.

nischen Rasse, am entschiedensten auf seinem Erstlingsbild, am wenigsten auf dem Bilde der Alten Pinakothek. Der Venetianer hat uns somit eine köstliche Biographie in Bildern vererbt, von der glänzenden Jugendzeit des Kaisers an, über die Tage des Kriegsruhms hinaus, zu den Sorgen von Krankheit und Regierung, bis zu der stillen Resignation des Alters.

Doch zurück zu unserm Meister. Seit er den Kaiser als Kundschaft zählte, dürfte es ihm wohl nicht an Aufträgen gefehlt haben, und fest und sicher stand seine bürgerliche Existenz. Seine nächst erhaltenen Werke sind: **Ehepaar Wilhelm Mörz von 1533. Augsburg. Maximilianeum. Maximil. Nr. 146. Wilh. Mörz.**

Brustbild eines alternden Mannes, Dreiviertelprofil nach rechts. Ein schwarzer, breitrandiger, flacher Hut bedeckt das dunkle Haar und beschattet das schwermütige, sinnende Gesicht. Aus hellbraunem, sehr eigen gezeichnetem Pelzwerk schaut ein sorgfältig gekraustes Hemd hervor, die schwarzen Ärmel schliessen einfache Manschetten ab. Die rechte Hand hält eine rote Nelke.

Der Hintergrund ist hellgrau und der Schatten der vorstehenden Figur darauf angedeutet.

Lindenholz. 60 cm h., 48 cm br.

Die Rückseite ist mit einem pompeianisch roten Grund bemalt, auf den ein Allianzwappen aufgesetzt ist. Dasselbe zeigt das Wappen des Mörz (Männchen mit Schellenkappe) und dasjenige der Rehm (schwarzer Ochse mit roter Zunge auf gelbem Grund) und gekreuzt darüber das Wappen der Kraffter (in gelbem, durch roten Querbalken geteiltem Feld oben zwei, unten eine Taube mit roten Schnäbeln und Füsschen). Es finden sich Vermerke: „I vxor 1509 Magdalena Krafterin — II vxor Affra Rehn“ und Wilhelm Mörz, die vielleicht auf des Meisters eigene Hand zurückgehen. In die einzelnen Wappenfelder sind in höchst charakteristischer Weise Blattwerk und Arabesken hineingezeichnet.

Als Gegenstück zu Nr. 146:

Maximil. Nr. 147. Affra Rehm.

Brustbild, Dreiviertelprofil nach links. Auf dem rotblonden Haar, das mit einer Perlschnur durchflochten, in einen Zopf ausläuft, ein flaches Barett mit reicher Agraffe. Der obere Teil der Brust ist von einem sorgfältig gefalteten Hemd bedeckt, das in einer Krause den Hals umschliesst. Das Mieder ist in reichen Arabesken (Blattgold!) gestickt. Um den Hals hängt an starker, goldener Kette ein Kleinod aus Saphir, von Perlen und Rubinen eingefasst. Um die Taille legt sich eine breitgliedrige, goldene Gürtelkette. Ärmel mit grauem, sehr gut wiedergegebenem Pelzwerk besetzt. Die Hände, ringgeschmückt, sind ineinandergefaltet.

Auf der grauen Wand des Hintergrundes der Schatten. Lindenholz. 60 cm h., 48 cm br.

Wilhelm Mörz heiratete die Affra Rem am 10. December 1532, nachdem am 3. Juli des nämlichen Jahres seine erste Frau Madlena Krafterin gestorben war.[1]

Beim Manne ist auf ausserordentliche Charakteristik hingestrebt worden, der Fleischton des energischen Gesichtes ist tief und warm; Details, wie die Warze am Nasenflügel und die Bartstoppeln, sind mit grösster Wahrhaftigkeit wiedergegeben. Hände und Ohrläppchen durchaus in A.'s gewöhnlicher Weise.

In dem sympathischen, aber kühlen Gesicht der Frau fällt der süssliche, gekniffene Zug um die Lippen ganz besonders auf, wie er sich über die Dorothea Offen-

---

1) Fr. pers. Mitteilung des Herrn Archivar Dr. Buff zu Augsburg, vgl. Prasch, Epitaphia Aug. I, p. 2&0. Ein kleines Bild, den Wilh. Mörz und seine beiden Frauen darstellend, sahen wir im Kreuzgang der Annenkirche zu Augsburg.

burgerin auf die Leonardoschule zurückführen lässt. Wohl auf Wunsch der Bestellerin hat der Künstler gegen seine Gewohnheit überall Blattgold angebracht. Auch hier die Hände ganz A., besonders auffallend der fast kugelförmig gezeichnete Rücken der rechten Hand.

Die Bilder galten ehemals in Augsburg für Werke Holbeins d. J. Sie sind ausserordentlich charakteristische Muster für A.'s Stil in den dreissiger Jahren.

Eine Wiederholung des Bildes Nr. 147 findet sich in der **Altertümersammlung zu Stuttgart Nr. 269.**

Im gesamten Exterieur nicht wesentlich abweichend von dem Augsburger Bilde, doch interessant durch eine alte, allerdings nur teilweise erhaltene Inschrift:
ANNO · MDIX · WARD · ICH · AFF !! ' VNND ANNO MDXXXIII · WARD · DISE CONTERFET · GE-MACHT · DA · WARD · ICH · XXIV · IAR · ALT VNND · HETT · DARBEY · DIE · GESTALT.
Lindenholz. 50 cm h., 42 cm br.

Als Gegenstück zu diesem Bilde hat dieselbe Sammlung **Nr. 268** nicht den bartlosen Mörz des Maximilianeums, sondern einen jüngeren Mann in kurzem Vollbart, offenbar ein Verwandter der Affra.

Fast en face, die Hände am untern Rand des Bildes aufgelegt. Das kastanienbraune Haar bedeckt ein niedriger, schwarzer Hut. Aus dem rehbraunen Pelz lugen, nur wenig sichtbar, Spitzenhemd und goldene Kette hervor. In der ringgeschmückten Linken zwei Nelken.

Überschrift:
ANNO · MCCCC ;..; VII · IAR · WARD · ICH !.!! GEBOREN · VNND · ANNO · MDXXXIII WARD · DISE · CONTERFET · GFMACHT DO · WARD · ICH · XXXVI · IAR · ALLT.
Hell- und dunkelbräunlicher Hintergrund.
Lindenholz. 50 cm h., 42 cm br.

Beide Bilder stammen aus der Sammlung Hassler.

Die Namen der Aufschrift wurden vernichtet, um berühmteren Platz zu machen und so Fälschungszwecken zu dienen.

In diese Zeit fällt auch das Porträt des Herzogs Wilhelm IV., des Standhaften, Sohn des Herzogs Albrecht III. und der Erzherzogin Kunigunde.[1])

Augsbg. Gal. Nr. 680, dort „nach H. Burgkmair" bezeichnet. Die sehr in die Augen fallende Aufschrift rechts oben: „ANNO MDL · DE · 7 · MARCI STARB DER DVRCHLEICHDIG HOCH GEBOR FVRST HERCOG WILHEM SEINES ALTERS 57" ist offenbar nachträglich aufgemalt. Der Herzog ist 40—45 Jahre alt dargestellt, und somit erhalten wir, bei dem Geburtsjahr 1493, als Entstehungszeit für unser Bild die Jahre 1533—1538.

Brustbild, Dreiviertelprofil nach rechts. Das Haupt bedeckt ein medaillengeschmücktes Barett. Eckiger brauner Voll- und dünner Schnurrbart. Hemd sehr sorgfältig gefaltet, darüber ein Kreuz mit Kleinodien. Den Hals umschliesst eine hohe goldene Binde mit schwarzen Arabesken. Über dem breiten braunen Pelzkragen der Schaube eine Kette. Hand auf den Tischrand aufgelegt.

Dunkler Hintergrund. Lindenholz.

Kopie mit geringen Veränderungen in der Porträtsammlung des Erzherzog Ferdinand von Tirol.[2]) Katalog Nr. 304.

Höchstwahrscheinlich geht auch das Bild seiner Gemahlin, der Maria Jakoba, in derselben Sammlung, Katalog Nr. 305, auf ein Original von A. zurück.[3]) Die

---

1) Vgl. seine kurze Biographie bei Fr. Kenner, Jahrb. d. Allerh. Kaiserhauses XV, Wien 1894, p. 162.

2) Ebenda p. 163.

3) Auch vielleicht das Bild der Margaretha Gräfin von Oettingen, in derselben Sammlung, Katalog Nr. 790 (vgl. Fr.

unserm Meister eigene vollsaftige Weichheit vermag auch
die Kopie nicht zu verwischen, und dürfte das Original
den Bildern von Peutingers Gattin und der Madalena
Witich sehr nahe gestanden haben. Die Dargestellte
interessiert um so mehr, als auch hier A. mit Tizian
wieder einmal in Konkurrenz treten durfte.[1])

Für die vielumstrittenen, noch heute „Jan Scorel"
genannten Bilder eines Ehepaars, Wien, Kunsthist. Hofmus. Nr. 867 und 869, vom Jahre 1539 können wir A.'s
Hand direkt nachweisen. Diese Werke passen auch
durchaus in seinen Stil der 30er Jahre, wie eine nähere
Vergleichung mit den eben besprochenen Augsburger und
Stuttgarter Bildern erkennen lässt. „Jan Scorel" genannt.
Wien, Kunsthist. Hofmuseum Nr. 867 (1229). Brustbild eines
alternden, bartlosen Mannes, Dreiviertelprofil nach rechts,
das ernste Gesicht von flachem schwarzen Hut beschattet.
Haar, halblang und blond, über dem Ohr scharf abgeschnitten. Bekleidet mit grossem, braunem Pelz, aus dem
eine weisse Halskrause hervorragt. Die Rechte mit dem
elegant gezeichneten Daumen hält ein zusammengefal-
tetes, weisses Papier.

Hintergrund dunkel. Lindenholz. 54 cm hoch,
47 cm br. (1728 in der Stallburg.)

Charakteristik ausserordentlich fein. Erhaltungszustand gut, trotz Restauration. Hintergrund übermalt.
Die Umrisszeichnung tritt reliefartig heraus.

Als offenbares Gegenstück dazu: **das. Nr. 869,
(1230). „Jan Scorel" bezeichnet.** Brustbild einer jungen

Kenner, Jahrbuch d. Allerh. Kaiserh. XV, 1894, p. 238). Leider
ist uns das im Depot zu Schleissheim befindliche Original nicht
zugänglich gewesen.

1) Jahrb. d. Allerh. Kaiserh. XII (1891), Regest. 8436,
S. CLXIII (Nr. 61). Das Bild der Maria Jakoba von Tizian
befand sich im Nachlass der Königin-Witwe Maria von Ungarn,
Stattbalterin der Niederlande.

Frau, beinahe en face, nach links blickend, mit grauen Augen, die blonden Haare von dunklem Barett bedeckt. Reste eines Zopfes sind erkennbar, der beim Übermalen des Hintergrundes offenbar zugedeckt wurde. Den oberen Teil der Brust umschliesst ein gefaltetes Leinenhemd, das in einer Krause den Hals umgiebt. Braunes Gewand mit schwarzem Besatz, Gürtelkettchen aus Farbgold. Die Hände ineinandergelegt. Spitzenmanschetten. Am Zeigefinger der rechten Hand zwei Ringe.

Dunkler Hintergrund. Lindenholz. 55 cm hoch, 47 cm br. (1728 in der Stallburg.)

Auf der Rückseite dieses Bildes findet sich mit gelber Farbe auf schwarzer Grundierung gross die Aufschrift:

MDXXXIX

Darunter ist ein kreisrundes Stück Pergamentpapier aufgeklebt, das, zum Teil zerstört, ein Doppelwappen in Farbe zeigt. Von den Emblemen des linken Wappens sind nur noch ein Bündel Holz zu erkennen, auf welchem eine Hand aufliegt. Das rechte Wappen, vollständig erhalten, ist das bekannte Krafftersche, gelbes Feld mit rotem Querbalken, oben zwei, unten eine schwarze Taube mit roten Schnäbeln und Füsschen. Die in das gelbe Feld mit dunkelgelb hineingezeichneten Schnörkel und Arabesken finden sich genau so wieder auf der Rückseite des Mörzbildes, Augsburg, Maximilianeum Nr. 146.[1])

Die Carnation ist auffallend blass — auf feine Charakterisierung ist viel Mühe verwandt, der herbe Ausdruck des Gesichts ist besonders gelungen. Manches an dem Bilde erinnert an die Affra Rehm, Maximil. Nr. 147.[2])

1) Vgl. Katalog Nr. 13.
2) Vgl. Katalog Nr. 14.

L. Scheibler konnte sich beim Vergleich der andern, echten Wiener Amberger mit den eben besprochenen
nicht zu Gunsten von A.'s Autorschaft erklären.[1]

W. Schmidt spricht jedoch Nr. 867 und 869
überzeugt dem A. zu.[2] Dass er recht hat, beweist das
auf der Rückseite von Nr. 869 gefundene Wappen. In
solchen ganz gleichartigen und an sich unbedeutenden
Details, wie die als Spielerei eingezeichneten Schnörkel
und Arabesken der Wappenfelder, können sich zwei ver-
schiedene Meister nicht begegnen. Die Wappen in
Augsburg und Wien stammen von derselben Hand. Da
man in Augsburg A.'s Urheberrecht nie angezweifelt
hat, wird man es wohl oder übel für die Wiener Bilder
Nr. 867 und 869 auch zugestehen müssen. Somit hätten
wir für zwei neue Werke unsern Meister in sein' Recht
einzusetzen.

Unzweifelhaft auf A. gehen die zahlreich vorhandenen Bilder des Herzogs Ludwig X. von Bayern-Lands-
hut zurück, von denen **die Wiener Gal. Nr. 1513 (1431)**
wohl das besterhaltene Exemplar besitzt.[3]

Erweitertes Brustbild, Dreiviertelansicht nach rechts.
Sonnengebräuntes Gesicht mit braunen Augen, von dunklem Bart umrahmt. Dunkles Obergewand mit breitem
Pelzkragen. Helles, gesticktes Untergewand. Kopfbe-
deckung Barett mit Schaumünze und Blattwerk. Die
rechte Hand liegt auf einer Steinbrüstung.

Brauner Hintergrund. Lindenholz. 66 cm hoch,
55 cm br. (Sammlg. Erz. Leop. Wilhelm.)

Das Bild ist wenig übermalt. Da es schon 1659

---

1) Repert. X. 87, p. 291.
2) Repert. XI. 88, p. 356.
3) Vgl. Woltmann, Kunstchronik 1874, p. 191. Kurze
Biographie des Dargestellten bei Fr. Kenner, Jahrbuch d.
All. Kaiserhauses XV, p. 164.

unter dem Namen A. inventarisiert war,[1]) ist es vielleicht doch das ursprüngliche.

Das Bild kam wohl des öfteren als Geschenk an fremde Fürstenhöfe. So finden sich noch ein Exemplar im Depot des Kunsthistorischen Hofmuseums zu Wien, eins in Stuttgart, eins in Schleissheim Nr. 149 und ein kleineres in Augsburg Nr. 679. Die Farben des Beiwerks (insbesondere des Hintergrundes, der Tischdecken etc.) variieren oftmals.

Nach A.'s Original kopiert ist auch das Bild Ludwigs X. in der Porträtsammlung des Erzherzogs Ferdinand von Tirol,[2]) Katalog Nr. 307, mit Resten einer Aufschrift in Silber: »LVDOVICVS DVX BAVARIÆ«

Porträt eines Fugger vom Jahre 1541 bei Fürst Fugger-Babenhausen zu Augsburg.

Kniefigur in Lebensgrösse, Dreiviertelansicht gegen rechts. Sympathisches, offenes Gesicht mit dunkelblauen Augen und einem Anflug von Schnurrbart. Das rötlich blonde Haupthaar bedeckt ein Barett. Schwarzes, bis oben geschlossenes Seidengewand, am Hals und an den Händen mit braunem Pelz verbrämt. Ein schmaler Linnenkragen und gestickte Manschetten, sowie eine Halskette in (Farb-) Gold bilden zu dem Dunkel der Kleidung wirkungsvolle Gegensätze. Die rechte Hand ist kokett in die Hüfte gestemmt, die Linke, unvollkommen verkürzt, greift an den Schwertknauf.

Im Hintergrunde links eine Rotundenarchitektur mit drei Fenstern, oben die Inschrift:

---

1) Vgl. Inventare der Kunstsammlungen des Erzherzog Leopold Wilhelm v. Oesterreich von Adolph Berger, Jahrb. d. K. S. d. A. K. 1883, auch Anhang Nr. 576.

2) Vgl. Fried. Kenner, Die Porträtsammlung des Erzherzog Ferd. v. Tirol, Jahrbuch d. Allerh. Kaiserh. Wien 1894. XV, p. 165.

MDXLI
ÆTATIS · XX

Rechts •oben im Hintergrund ein vortrefflich ge-
malter seidener Vorhang in sattem Grün.

Lindenholz. Ungefähr lebensgross.[1]

Der Kopf ist in voller Beleuchtung vortrefflich
herausmodelliert, auf die Unterstützung von Licht und
Schatten ist mit virtuoser Sicherheit verzichtet. Die
Carnation ist um einige Nüancen kühler, als es A. sonst
liebt. Trotzdem besonders in der knochig gezeichneten
rechten Hand das Streben, dem Modell gerecht zu werden, nicht zu verkennen ist, verleugnet sich A.'s Art
weder hierbei, noch bei dem zerfliessend gezeichneten
Ohrläppchen. Durch die Sorgfalt der Zeichnung im allgemeinen gehört dieses Bild zu den besten von A.'s
Werken.

W. Schmidt hat zuerst die Vermutung ausge-
sprochen,[2] dass das Bild des Pfalzgrafen Philipp des
Kriegerischen in Schleissheim auf A. zurückginge. Jetzt
ist Vorgenannter seiner Sache sicher.[3]

Schleissheim, Ahnengal. Nr. 78. Dort „Regensburger
Schule oder Mielich".[4] Der Pfalzgraf, drei Viertel nach
links gewendet, zeigt ein volles Gesicht mit blauen
Augen, von Vollbart umrahmt. Prächtiger Hut von
roter, weisser und gelber Farbe, mit Edelsteinagraffe.
Pelzüberwurf, darunter Schlitzwams in roter und

---

1) Es gelang uns nicht, die Persönlichkeit des Dargestellten
in „Fuggerorum et Fugerarum Imagines Aug. Vin. Dom. Custodis
1593" oder „Pinakotheka Fuggerorum Vlmae MDCCLIV" nachzuweisen. Vielleicht ist es Christoph, der Sohn des Raimund F.
(1520—1579), der auf Tafel 17 in hohem Alter dargestellt ist.

2) Repert. XIV. 1891, p. 436.

3) Fr. pers. Mitteilung.

4) Vgl. Max Zimmermann, „Hanns Mielich und Herzog Albrecht V. von Bayern. München 1885, p. 26.

gelber Seide. Hemd mit Goldborte, darüber Goldkette.
Die reichgezierten Hände sind auf einen Tisch mit wohl
ehemals roter, jetzt brauner Decke aufgelegt. Den Hintergrund bildet ein grüner Vorhang, der links den Aus-
blick in eine Landschaft freilässt. Lindenholz. Lebensgross. 95 cm h., 69,5 cm br.
Das Bild ist leider ganz verschmiert bei einer in
den siebziger Jahren vorgenommenen Restaurierung.
Erst eine gründliche Reinigung, die wohl durchführbar
erscheint und deshalb sehr zu wünschen wäre, würde
volle Klarheit über den Meister verbreiten. Jedenfalls
war der Künstler ein hervorragender Kolorist, wie sich
denn das Bild in seinem früheren Zustand geradezu
durch Farbenpracht ausgezeichnet haben soll. Die Auffassung ist breit und malerisch, — wo der Restaurator
sich nicht hingewagt, wie z. B. unter dem Kinnbart,
sind die feinen Details des Farbgoldes und die ziemlich
saubere Nachahmung der Linnenstickerei, wie sie A.
gern zeichnet, sehr wohl zu erkennen. Auch Besonder-
heiten der Landschaft, in den Architekturstücken des
Mittelgrundes und den Felspartieen der blauen Ferne
finden sich noch sonst auf sicheren A.'schen Bildern.[1])

Da der Pfalzgraf von 1505—1548 lebte, auf dem
Porträt aber ca. Ende Dreissiger sich befindet, so müsste
das Bild in der eben behandelten Zeit ungefähr entstanden sein.

In dieser Periode, Anfang des vierten Decenniums
des Jahrhunderts, scheint A. — nach den noch erhaltenen Werken zu schliessen — eine kolossale Thätigkeit
entwickelt zu haben, um der Überfülle der Aufträge, die
an ihn gelangten, gerecht werden zu können. Von 1542

---

1) So beim Matth. Schwartz, Katalog Nr. 22, der Madonna zu Augsburg, Nr. 694, Katalog Nr. 67.

haben sich aus der grossen Vielzahl drei ganz sichere Porträts erhalten.

Hieronymus Sulczer von 1542.   Gal. zu Gotha Nr. 325.
Kniestück. Der junge Mannn mit grossen, blauen Augen und über der niedrigen Stirn kurz abgeschnittenem blonden Haar steht, die Linke, die einen weissen Handschuh hält, über dem Degengriff in die Hüfte gestemmt, die Rechte am Dolch, in elegant lässiger Haltung da, dreiviertel nach rechts gewendet. Stutzohren und die eckigen Konturen des kurzgeschorenen Hauptes geben der Persönlichkeit etwas kriegerisch-aggressives. Ein hellrötlicher Vollbart umrahmt das Kinn — bekleidet ist er mit schwarzem Wamms und prachtvollem hellroten Unter- und Beinkleid.

Im Hintergrund ein grüner Vorhang.

Zur Rechten auf einem mit Renaissanceblattwerk reich verzierten Pfeiler eine Inschrifttafel, auf der in schwarzer Schrift zu lesen:

DAS MEIN GSTALT IN GEDEHTNVS BLEIB
WANN ABSTERB DER ZERGENGKLICH LEIB
HAB ICH MICH LASSEN MALEN AB
DAS MICH MEIN GESCHLECHT ZV BHALTEN HAB.
HIERONIMVS SVLCZER SEINES ALTERS 24
IM 1542 IAR.

Ahornholz. 94 cm h., 76 cm br.

Eine Wiederholung dieses Bildes findet sich zu Augsburg im **St. Annenstift** unter dem Namen „**Paris Bordone**".[1]

Auf letzterem fehlt die Inschrift. Das Augsburger Bild ist noch leuchtender in den Stoffen, auch die Farben des Gesichts sind frischer als die des Gothaer Bildes,

---

1) Vermerk auf der Rückseite, nebst Wertangabe. Restauriert von Eigner.

wo gewisse Partieen, besonders die Stirn, gelb nachgedunkelt sind.

Hieronymus Sulczer war ein reicher Kaufmann,[1])
der nach dem Hochzeitsbuch der Geschlechter am
31. August 1540 Maria Rem heiratete. „Vielleicht eine
Schwester der Afra," vermutet Herr Dr. A. Buff, Archivar
zu Augsburg, dessen Güte wir diese Notiz verdanken·
Wir können sagen „bestimmt eine Schwester der Afra",
angesichts der grossen Ähnlichkeit, die ihr Bild, das
Gegenstück zu Nr. 325, **Gothaer Galerie Nr. 326**, dort
„Oberdeutscher Meister des XVI. Jahrh." bezeichnet, aus
dem Jahre 1544 mit dem der Afra im Maximilianeum
Nr. 147 aufweist. Wir nehmen die Besprechung des
Bildes aus der zeitlichen Reihe vorweg.

Junge Frau, Kniestück, Dreiviertelansicht nach
links, in blondem Haar, das in einen Zopf ausläuft, bekleidet mit rotem Barett, violett-weisslichem Kleid mit
breiten roten Samträndern, darüber Doppelkette mit
Schmuck in farbigen Steinen. Mieder goldgestickt. In
den Händen, von denen die Linke zwei Ringe schmücken,
Handschuhe.

Dunkler Hintergrund, rechts ein grüner Vorhang.
Oben links die Inschrift in goldgelb:

MARIA HIERONMVS SVLCZERI
DA ICH WARD XX IAR ALT
DA HET ICH DIE GESTALT
IM 1544 IAR

Leinwand. 94 cm h., 76 cm br.

Das Ganze ist stark übermalt. Auf die frappante
Ähnlichkeit, die zwischen diesem Bilde und dem der
Affra Rem besteht, ist auffallenderweise noch nirgends
hingewiesen worden. Einzig die in Augsburg so cha-

---

1) Er starb 1556, seine Gattin 1603.

rakteristische Mundpartie ist in dem Gothaer Bilde durch
die Übermalung verwischt worden. Sonst stimmen beide
genau überein, selbst im Beiwerk, z. B. den Details der
Schmuckgegenstände. Das Gothaer Bild ist zum Kniestück erweitert, die Farbe des Kleides offenbar durch
die unverständige Übermalung verändert worden. Die
Schwestern Affra und Maria müssen, nach den Bildern
zu schliessen, wie Zwillingsgeschwister sich gleich gesehen haben.

Einen stichhaltigen Grund, warum A. das Gothaer
Bild Nr. 326 nicht auch gemalt haben sollte, vermögen
wir nicht anzugeben und glauben, dass das Bild vor
seiner Übermalung deutlich die Kennzeichen unseres
Meisters getragen haben dürfte.

Kehren wir wieder zum Jahre 1542 zurück, so
stammen daher noch die in Bezug auf A.'s Hand urkundlich gesicherten[1]) Bilder des **Mattheus Schwartz und seiner
Hausfrau Barbara Mangoldt bei Dr. Martin Schubart in
München**, ehemals im Besitz des Freiherrn von Friesen
zu Dresden.[2])

Mattheus Schwartz von 1542.

Hüftbild eines Mannes in mittleren Jahren, fast
von vorne, gegen rechts blickend, von hoher Stirn und
starker Nase, geteiltem dunklen Voll- und schmalem
Schnurrbart. Das dunkelblonde Haar fasst eine schwarze
Netzhaube zusammen, die silberne Borten zieren. Bekleidet ist er mit schwarzem, vorne geöffnetem Wams

---

1) Aus den Trachtenbüchern des Schwartz, die mit
der Hainhoferschen Sammlung in das Braunschweiger Museum gelangten, vgl. A. v. Zahn, Jahrbücher für Kunstwissenschaften, 1871, p. 127 ff.

2) Versteigert 1885 zu Köln b. J. M. Heberle — ausgestellt a. d. VI. Internat. Kunstausst. zu München, Lenbach-
salons LV und L.

mit schmaler, weisser Krause, purpurrotem Unterkleid mit goldnem Rand, darunter Linnenhemd. Um den Hals eine geflochtene Schnur mit Metallenden. Im Gürtel ein Dolch. Der linke Ellenbogen stützt sich auf Bücher. Linke Hand mit vier Ringen geschmückt.

Oben links im Hintergrunde ein grüner Vorhang, rechts ein Fenster mit Ausblick in eine Landschaft, vor demselben ein Glas mit rotem Wein.

Am Himmel ein Horoskop in Goldstrichen in üblicher Form, dabei genaues Datumschema:

TEMPVS	ANN-S	MENSIS	DIES	HORA	DIES	HORA	MERIDIE
		So: ASTORE			So: CALEN		
DEPICTAE IMAGINIS	1542	MARTIVS	22	$16^{1}/_{4}$	23	$4^{1}/_{4}$	POST
NATIVITAIS	1492	FEBRVARº	19	$18^{1}/_{2}$	20	$6^{1}/_{4}$	ANTE
AETATIS	45	—	30	$21^{3}/_{4}$	30	$21^{3}/_{4}$	VERITAS

MATHEVS · SVVARTZ · SENIOR · CIVIS · AVG ·
SIBI · IPSI FF.

Holz. 71 cm h., 60 cm br.

Das Bildnis ist meisterhaft; trotz Prunk und Üppigkeit im Äussern bleibt die Stimmung vornehm und massvoll; der dunkle Ton des Ganzen wird wirksam gehoben durch das prachtvolle glühende Rot des Untergewandes, auf das der ganze Farbenakkord harmonisch abgestimmt zu sein scheint. Die Landschaft des Hintergrundes fällt durch seltsame Felsformen und die Eigenart der Luftstimmung auf. Hände echt Ambergisch weich, obschon in dem sorgsam ausgeführten Adersystem das Streben nach Charakteristik deutlich hervortritt.

Als Gegenstück:

Barbara Schwartz von 1542.

Hüftbild einer Dame von etwas derben, aber angenehmen Gesichtszügen und dunkeln Augen, dreiviertel nach links gewendet. Das rotblonde, in einen starken Zopf auslaufende Haar bedeckt ein schwarzes Barett. Angethan mit schwarzem Seidenkleid und Puffärmeln mit viereckigem Ausschnitt, der ein weisses Unterkleid mit feinen Stickereien sehen lässt. Die Hände, in gestickten Manschetten steckend und ringgeschmückt, spielen mit einer weissen, geflochtenen Gürtelschnur. Die Rechte ist auf ein dunkelrotes Schmuckkästchen aufgelegt.

Im Hintergrunde links grüne Gardine, rechts auf einem Pfosten ein goldfarbenes Horoskop, darunter in schwarzer Farbe die Inschrift:

TO

· XXI · AVGT · MDXLII ·

· BARBARA ·

DIE · MATHEVSIN SCHWERTZIN

Æ · KRAD · XXXV · IAR

Holz. 71 cm h. 60 cm br.

Die Hände, trotz gesuchter Zartheit, in der üblichen, weich zerfliessenden Form. Das Bild schliesst sich im allgemeinen würdig an sein Gegenstück an. Das Ehepaar findet sich wieder in der Selbstbiographie in Kleidertrachten, die der Buchhalter des Fuggerischen Bankhauses Mattheus Schwartz hinterlassen hat,[1]) jetzt im herzoglichen Museum zu Braunschweig, auf Seite 4 und 5 des grossen Buches. Letzteres enthält eine Fortsetzung der Trachtenbiographie durch den Sohn Veit Konrad Schwartz bis zum Jahre 1561. Er bringt zu Beginn des Bandes die Porträts der Eltern mit dem Vermerk: „Mattheus Schwartzen meines Lieben Vattern aigentliche gstallt wie er im Martzo 1542 Das ist 5 monat nachdem ich

---

1) Vgl. P. v. Stetten, Kunst- und Handwerksgesch. von Augsbg. I, p. 299, und A. v. Zahn, Jahrb. f. Kunstwissenschaften 1871, p. 127 ff.

geborn gewöst, gesechen hat abcontrofact durch Jheremias
Schemel von ainer tafel die der allt Christoff amberger
damalls (1542) gemallt hat" —

und

„Barbara Mangolltin meiner Lieben muetter aigentliche gestallt Wie sy Im agosto 1542 Das ist 10 Monat
nachdem ich geborn gewöst, gesechen hat, abcontrofact
durch Jheremias Schemel von ainer tafel die der allt
Christoff amberger damalls gemallt hat." —

J. Schemel hat die Brustbilder zu ganzen Figuren
erweitert, jedoch erinnern sie auch in dieser Veränderung[1])
auf den ersten Blick an die Originale. Was A. v. Zahn[2])
über die Art der Wiedergabe sagt, ist zutreffend; das Bild
des Vaters ist leidlich genau wiedergegeben, die Kopie
der Mutter ist misslungen.

So sind die Bilder des Schwarzschen Ehepaars aufs
sicherste bezeugt und gute Beispiele für A.'s Kunstweise
Anfang der vierziger Jahre.

Reich ist auch wieder die Ausbeute des Jahres 1543.

Wiener Gal. Nr. 1480 (1439), Christof Baumgartner,
dort bezeichnet „Amberger?"

Halbfigur, Dreiviertelansicht nach rechts, mit frischem
Gesicht, glatt in der Stirn abgeschnittenem Haar und spär-
lichem roten Kinn- und Schnurrbart. Blaue Augen.
Bekleidet mit dunklem Wamms und prachtvollem roten
Puffengewand; um den Hals hängt eine schwere Doppelkette. Auf der Mitte der Brust ist ein schmaler weisser
Hemdstreif sichtbar. Die linke Hand bält Handschuhe,
die Rechte ruht am Schwerte. Unter dem rechten Arm
ein weisser Zettel mit der Aufschrift:

---

1) Beschrieben bei E. C. Reichard, Matth. und Veit
Konrad Schwarz, Magdebg. 1786, auf p. 17 und 18.
2) A. a. O.

· · · STOFFERVS
· AVMGARTNER
FILIVS · SEBALDI
ÆTATIS · XXVIIII

An der Wand links oben ein in Stein gehauenes
Wappen (Papagei und Lilie), darüber die Jahreszahl:
MD · XLIII.

Rechts oben durch ein Fenster Ausblick auf eine
Burg am Meer und hohe, blaue Felsen.

Lindenholz. 84 cm h., 62 cm br. (1728 in der
Stallburg.)

Der Patrizier Christ. Baumgartner lebte von
1513 bis 1586 und wurde 1543 in den Freiherrnstand
erhoben.

Das Gesicht ist sehr sorgfältig modelliert, der Fleischton warm, die Farben prachtvoll. Landschaft im Hintergrunde übermalt; im allgemeinen gut erhalten.

Das Fragezeichen des Katalogs könnte endlich ge-
strichen werden; es besteht eine zu enge Verwandtschaft
zwischen diesem Bilde und dem Sulczer in Gotha. Schon
Waagen, Engerth, Eisenmann hatten es dem „A." vor-
behaltlich zugeteilt. L. Scheibler[1]) und W. Schmidt[2])
nannten ihn bestimmt.

Durch grossen Wurf und ungemeine Flottheit der
Arbeit zeichnen sich die Bildnisse des berühmten **Konrad
Peutinger und seiner Hausfrau Margarethe geb. Welser von
1543 im Maximilianeum zu Augsburg** aus.

Nr. 148.[3]) Das wohlgenährte, bartlose, kluge Gesicht des Stadtschreibers ist dreiviertel gegen rechts ge-
wandt. Das auf dem Scheitel dünne, weisse Haar ist in
der Stirn glatt abgeschnitten. Grosse, graue, prüfende

---

1) Repert. X, 1887, p. 292.
2) Repert. XIV, 1891, p. 435.
3) Von Georg Wiedenbauer gut lithographiert.

Augen. Bekleidet ist er mit weitem, braunem Pelzmantel, aus dem am Hals ein dreieckiges Stück des Unter-gewandes in intensivem Ambergerrot hervorguckt. In der rechten Hand hält er ein Gebetbuch, in der linken, deren Daumen einen Siegelring trägt, einen Stab.

Hintergrund besteht in grauen Architekturstücken. Oben ein lateinisches Citat.

An der Steinbalustrade unten die Inschrift:
CHONRADO · PEVTINGERO · SEN · PATR · AVGV-
STANO · ET · IVRIS · CONSVLTO · ÆTATIS · SVÆ
ANNO VIII SVPRA · LXX · FILII · OB · PIETATIS
OFFICIA · PATR · FACIVNDVM · CVRAVERVNT
SALVT · ANNO · MDXLIII
Holz. Überlebensgross.

Auf der Rückseite Peutingers Wappen, drei sil-berne Muscheln auf rotem Querbalken in blauem Felde.

Der kundige Diplomat und kunstsinnige Ratgeber des Kaisers ist am Abend seines Lebens dargestellt, als er sich von den Stadtgeschäften zurückgezogen hatte. Ob er vielleicht der Berater unsers Meisters war für Stoffe, die das Altertum betrafen, wie die Handzeichnung Katalog 4?

Maximilianeum Nr. 149. Peutingers Hausfrau Marga-rethe geb. Welser.

Hüftbild einer vornehmen Matrone, deren Kopf und Gesicht bis zum Munde in ein weisses Tuch gehüllt sind. Bekleidet mit schwarzem Mantel, in den Händen ein Gebetbuch.

Hintergrund Säulenarchitektur mit reichem Ranken-werk, links oben ein Stück wolkigen Himmels. Unter der Säule ein Citat aus Psalm XXXIV, darunter die Jahreszahl: M · D · XLIII.

Auf einer Holzbalustrade die Inschrift:

MARGARITAE VVELSERAE CHONRADI
PEVTINGERI · ETC · CONIVGI · ÆTATIS . ANNO · II
SVPRA · LX · FILII · MATRI · PIEVTISSIMAE
FACIENDVM · CVRAVERVNT

Holz. Überlebensgross.

Auf der Rückseite das Welserwappen, Lilie in senkrecht weiss-rot geteiltem Felde.

Bild von vornehmster Auffassung. Die Charakteristik des Gesichts, auch in den Details, meisterhaft.

Beide Bilder des Ehepaares Peutinger sind in ihrer
flotten Mache gute Beispiele von A.'s Art in den 40er
Jahren und stellen somit einen interessanten Gegensatz
dar zu den nebenan im Maximilianeum aufgehängten
Porträts des Mörzschen Ehepaars, die wiederum durchaus charakteristisch den Typus des Meisters aus den
30er Jahren vertreten.

Auch das Jahr 1544 ist mit zahlreichen Bildern
vertreten. Zeichnen sich dieselben auch im allgemeinen
durch Vorzüge der A.'schen Malweise, Tiefe des Tons
und Wahrheit der Auffassung aus, so beginnen an ihnen
sich doch gleichzeitig Anzeichen der Schnell- und Massen-
produktion und die virtuose Sicherheit des Routiniers,
die verblüfft, ohne zu überzeugen, zuweilen bemerkbar
zu machen.

Martin Weiss von 1544, Wiener Gal. Nr. 1514 (1431).

Halbfigur, fast en face nach rechts, mit vollem Haar
und derben Zügen, Voll- und starker Schnurrbart. Bekleidet mit dunklem Gewand, eine gefaltete Linnenkrause
um den Hals, an der ein Stückchen Goldkette hervorschaut. An derselben hängt auf der Mitte der Brust ein
Totenkopf in Gold.

Die Rechte, auf einem grün behangenen Tisch lie-
gend, hält Handschuhe — von der Linken sind nur vier
Finger sichtbar.

Rechts oben auf dem dunklen Hintergrund:

MDXXXXIIII

MARTIN WEISS

ÆTATIS SVÆ XLIII

Lindenholz. 65 cm h., 53 cm br. (Sammlg. Erzh. Leop. Wilhelm.)

Der Hintergrund ist übergangen und die Inschrift aufgefrischt. Gewisse bläuliche Lasuren des Gesichts von späterer Hand. Finger, offenbar ohne Modell aus dem Gedächtnis gemalt, wirken äusserst schwammig.

Das Bild war schon 1659 „Amberger" genannt.[1]

Das Ehepaar Witich von 1544, Herzogl. Galerie zu Braunschweig Nr. 19 und 29.

Nr. 19. Veyt Witich von 1544, laut Katalog „ein Ordensgeistlicher".

Hüftbild eines Mannes in reiferen Jahren, Dreiviertelprofil nach rechts, mit starrem Blick in den braunen Augen, das Gesicht umrahmt von geteiltem, etwas rötlich schimmerndem Vollbart. Bekleidet mit schwarzer Kutte, deren Kapuze über den Kopf gezogen ist. Feiner Blattgoldstreif als Nimbus. Auf dem Tisch ein Buch mit der Schrift:

SAGITTAVERAS TV CoR MEVM CHARITATE TVA
CONFESS · LIB · IX · CAP VI ·

und:

DA QVOD IVBES, IVBE QVOD VIS
CONF · LIB · X · CAP · XXXI ·

Rechts ein Crucifixus.

Hintergrund Holzpaneel, links ein grüner Vorhang. Lindenholz. 86 cm h., 66 cm br.

Eine Anfangs 1893 durch Hauser, Berlin, vorgenommene Restauration ergab, dass das jetzt sichtbare

1) Vgl. Invent. d. Kunsts. d. Erzh. Leop. Wilhelm, Anhang, Nr. 542.

Gewand über ein altes aufgemalt wurde. Auch setzte
man oben einen handbreiten Streifen Eichenholz an die
Tafel, um Raum für den ebenfalls später hinzugefügten,
so befremdlich wirkenden Nimbus zu schaffen. Kruzifix,
Buch und Tintenfass sind weitere spätere Zuthaten, und
ihnen zu Liebe mussten auch die Hände umgemalt
werden, die deshalb in ihrer bambusstockartigen Finger-
form durchaus nichts mit A.'s Art Gemeinsames haben.
— Unter dem Sockel des Kreuzes trat nach der Reinigung die ursprüngliche linke Hand deutlich zu Tage.
Erfreulicherweise fand sich auch eine Inschrift, die des
Kruzifixes wegen übermalt worden war:

MDXXXXIIII

ALS ICH WAS · LI · IAR ALT

HET ICH VEYT WITICH

DISE GSTALT

Offenbar hatte übertriebene Pietät späterer Geschlechter die Kanonisierung durch die Übermalung ver-
anlasst. Der handwerksmässige Künstler, dem diese
Arbeit zufiel, zog sich, wie die schlecht gezeichneten
Hände zeigen, recht ungeschickt aus der Affaire. Un-
verändert ist nur der Kopf geblieben, der in seiner
warmen Carnation die unverkennbare Art des A. zeigt.

Als Gegenstück **Madalena Witich von 1544, Herz.
Gal. z. Braunschweig Nr. 20.**

Hüftbild, fast en face, eine ältere Dame darstellend.
Volles Gesicht mit graublauen Augen. Bekleidet mit
schwarzem Mantel und weissem Kopftuch, Unterkleid
grau. In den übereinandergelegten Händen ein Buch
in rotem Einband. Feiner Nimbus aus Blattgold.

Unter dem Paneel des Hintergrundes links in
schwarzer Schrift:

MDXXXXIIII
ALS ICH WAS XLIIII IAR ALT
HET ICH MADALENA WITICH
DIESE GESTALT ·

Im Hintergrunde rechts grüner Vorhang. Lindenholz. 86 cm hoch, 66 cm br.

Auch bei diesem Bilde Kostüm und Nimbus zuge-
malt. Bei der Reinigung wurde ein Streif des ursprünglichen Kostüms auf der Brust sichtbar. Auch die Jahreszahl ergab sich richtig als 1544.[1]) Die Hände waren in
alter Gestalt erhalten geblieben.

Aus den Steuerbüchern erhellt, dass Veit Witich
zweimal verheiratet war, doch haben sich die Namen
der Frauen nicht erhalten. Er selbst, der Sohn des
Ratsdieners Hans Witich, war ein reicher Kaufmann,
der sich von etwa 1525 bis ungefähr 1530 in Antwerpen aufhielt und um 1555 starb. Bekannt war sein
schöner Garten vor dem Fischerthor, den 1548 der Graf
Wolrad von Waldeck „adonidisch" fand.[2])

In die vierziger Jahre fällt auch die Entstehungszeit der Bilder Nr. 16 und 17 der Braunschweiger Galerie,
die, dort „Schwäbische Schule, XVI. Jahrhundert" bezeichnet, sicher auf A. und seine Art zurückgehen.

Braunschweig, Gal. Nr. 16.

Brustbild eines Mannes im besten Alter, von ener-
gischem Gesicht und wohlgepflegtem, graublondem Schnurrbart. Der Kopf und das Gesicht bis zum Munde sind
mit schwarzer Kapuze verhüllt. Angethan ist er mit
einem Pelz, aus dem ein dreieckiges Stück des roten
Untergewandes sichtbar wird. Die rechte, ringgeschmückte
Hand hält Taschentuch und Rosenkranz.

---

1) Nicht 1541, wie früher zu lesen war. vgl. Katalog.
2) Fr. pers. Mitt. des Herrn Archivar Dr. Buff zu
Augsburg.

Links oben ein gefälschtes Monogramm.[1]) Darunter 15 ? 9.

Architekturstücke im dunklen Hintergrund.

Holz. 72 cm h., 59,5 cm br.

Stark übermalt und verschmiert, auch Erhaltungszustand nicht gut. Trotzdem erscheint eine Wiederherstellung nicht ausgeschlossen, die dann A.'s Hand unzweifelhaft erkennen lassen dürfte. Am besten erhalten sind die Fleischpartieen des Gesichtes; diese wie die stark übermalte Hand sprechen deutlich für A.

Als Gegenstück **Braunschwg. Gal. Nr. 17.**

Brustbild einer Matrone, dreiviertel nach links gewendet, in weisser Haube mit verhülltem Kinn; der Zipfel der Kopfbekleidung ist über die rechte Schulter geschlagen. Bekleidet mit Pelzmantel. Rechts oben an einem Architekturteil des Hintergrundes das gefälschte Monogramm.

Holz. 72 cm h., 59,5 cm br.

Erhaltungszustand sehr schlecht. Der verzeichnete Rücken der rechten Hand findet sich oft bei A.

Beide Bilder sicherlich A.'sche Schulbilder, wenn nicht von der Hand des Meisters selbst.

Für eine längere Reihe von Jahren haben sich datierte Porträts nicht erhalten. Als spätestes datiertes haben wir den Kosmographen Sebastian Münster von 1552. Diese Krone der Porträtfolge unseres Künstlers lässt die bis ins Alter stetig wachsende Meisterschaft desselben erkennen und lehrt uns um so lebhafter die Ungunst des Schicksals beklagen, das nicht weitere Beispiele seines vollendetsten Stils auf uns kommen liess.

---

1) Das Monogramm ist nicht, wie der „Führer d. d. Sammlgn. des herz. Museums z. Braunschweig", p. 59 unten, will, das Dürersche, sondern das eines Dürerkopisten; vgl. Nagler, Monog., p. 156.

Sebastian Münster von 1552, Berliner Gal. Nr. 583.

Brustbild des greisen Gelehrten, der, in tiefe Gedanken versunken, nach rechts ausblickend dargestellt ist. Ein schwarzes, über eine dunkle Kappe gezogenes Barett bedeckt das Silberhaar; angethan ist er mit tiefrotem Unterkleid, von dem nur ein schmaler Streif sichtbar wird, auf welchen aber der ganze vornehme Farbeneffekt des Bildes sich konzentriert, und hohem, weissem Hemd, darüber eine schwarze, mit gelblich weissem Pelz gefütterte Schaube. Die Finger der rechten Hand ruhen auf einem Tisch mit tiefroter Decke.

Hintergrund grün.

Lindenholz. 54 cm h., 42 cm br. (vor 1820 erworben).

Auf der Rückseite des Bildes: Sebastian Münster Cosmographus. Seines Alters 65 gemalt anno 1552. Finger und Ohrläppchen in bekannter Art. Epidermis des Gesichtes meisterhaft wiedergegeben. Der senile Zug des Gesichtes ungemein wahr. An eingehender Charakteristik und lebensvoller Auffassung erreicht A. hier Holbein in seinen besten Werken — an Leuchtkraft des Kolorits übertrifft er ihn.

Das Bild befand sich ehemals im v. Praunschen Kabinett[1]) zu Nürnberg. An welchem Ort Münster, der seit 1529 Docent des Hebräischen an der Universität Basel war, unserm Meister gesessen hat, vermögen wir nicht anzugeben. Als Geburtsjahr des Gelehrten wird gewöhnlich 1489, entgegen unserer Aufschrift, angegeben.[2])

Von den undatierten Bildern, die Woltmann dem A. zuweist, halten wir das Brustbild eines Greises im **Gothischen Haus zu Wörlitz, Nr. 1272,** nicht für ihm zugehörig.

---

1) P. v. Stetten, Kunst- und Handwerksgesch. II, p. 188.
2) Meyers Allg. Künstlerlex., p. 601.

Alter Mann, fast von vorne, nach rechts gewendet, hat langes, weisses Haar, darüber ein ausgezacktes, dunkles Barett. Bekleidet mit Pelzüberrock und rotem Untergewand. In der rechten Hand Rosenkranz mit roten Korallen, auf dem Daumen einen Ring mit blauem Stein.

Grüner Grund.

Holz. Etwas unter Lebensgrösse.

Wappen auf der Rückseite. Springender, gelber Hund mit roter Zunge und Halsband und gelben Fledermausflügeln, darüber Spruchband in gotischer Schrift.

Das Ganze stark nachgedunkelt und übermalt. Modellierung des Gesichts viel zu hart für A. Die Finger sind hölzern gezeichnet. Das Wappen ist unseres Wissens kein Schwäbisches.

Woltmann teilt an derselben Stelle, als dem Wörlitzer ähnlich, dem A. noch zu das Bild eines bärtigen Mannes Florenz, Uffizien Nr. 821, dort „Holbein" genannt, das wir nicht kennen.

In der Ambraser Sammlung waren ehemals Nr. 75 und 76, „Thomas Morus und Gattin, Schule Holbeins" genannt, die Woltmann[1]) auch dem A. zugewiesen.

Jetzt

Depot des Kunsth. Hofmuseum Wien Nr. 1244.

Halbfigur eines Mannes, fast en face nach rechts, in breitem, schwarzem Barett und dunklem Voll- und Backenbart. Bekleidet mit grossem, dunkelbraunem Pelz, auf der Brust das dunkelrote Calatravakreuz, darüber eine grossgliedrige Kette in Farbgold. Die rechte Hand liegt auf grüner Tischdecke auf und hält Handschuhe, die linke eine Uhr.

Dunkler Hintergrund.

---

1) Kunstchronik 74, p. 191.

Auf Lindenholz. Überlebensgross.

Bild leidlich erhalten, Hintergrund übergangen, im Gesicht Retouchen. Die Hände ganz in A.'s Art. Für ihn ist das Bild zu unbedeutend; es scheint eine talentlose Kopie nach einem A.'schen Original.

Depot Nr. 1245.

Junge, vornehme Dame,[1]) fast en face nach links, in breitem roten Barett, Perlschnüre in den blonden Haaren, angethan mit rotem Kleid, verziert mit breiten Farbgoldborten. Goldkreuz und schwere goldene Kette auf der Brust. Die Linke hält ein weisses Tuch, die ringgeschmückte Rechte Spitzenhandschuhe.

Dunkler Hintergrund.

Auf Holz. Überlebensgross.

Das Bild ist viel bedeutender und besser gemalt als Nr. 1244, deshalb wohl auch kaum Gegenstück zu letzterem. Es scheint uns der Art des Mielich näher zu stehen, als der des A.

Ferdinandeum zu Innsbruck IV. Cab. Nr. 103 (90).

Brustbild eines älteren Mannes, Dreiviertelprofil nach rechts. Das lange, graubraune Haar bedeckt eine Pelzmütze. In schwarzem Sammetrock mit braunrotem Pelzüberwurf und weissem Hemd mit Spitzensaum. Der rechte Unterarm ruht auf braunrot überzogenem Tisch, die Hände sind übereinandergelegt. Am linken Zeigefinger ein Ring.

Schwarzer Grund.

Holz. 57 cm h., 45 cm br. (Legat Tschager.)

Das Bild zeigt ruhige Klarheit der Farben, einen tiefen Ton des Fleisches und eine feine Modellierung,

---

1) Wohl das Bild einer jungen Fürstin aus der Ambraser Sammlung, nach Waagen von „Holbein", von dem Woltmann, Meyers Allg. Künstlerlexikon, p. 601. spricht.

die in ihrer Schlichtheit vortrefflich wirkt. Dasselbe
scheint der Kunstart des A. sehr nahe zu stehen.

Als Gegenstück:

Ferdinandeum IV. Cab. Nr. 104 (89).

Brustbild einer älteren Bürgersfrau, Dreiviertelprofil nach links, in weisser helmartiger Haube. Den
Hals umgiebt ein golddurchwirkter Kragen mit zackigem
Spitzensaum. Über dem grünlich-schwarzen Seidenkleid
ein weisser Überwurf, an den gefalteten Ärmeln Spitzenmanschette. Golddurchwirkter Gürtel. Hände, vorn über-
einandergeschlagen, mit Ringen geschmückt.

Grünlich-schwarzer Grund.

Holz. 57 cm hoch, 45 cm br. (Legat Tschager.)
Härter modelliert als das Gegenstück, die Carnation heller
und glasiger.

W. Schmidt[1]) hält beide Bilder für „von oder in
der Art des Christof Amberger"; ein Urteil, dem
wir uns nur anschliessen können.

Derselbe Forscher teilte uns Näheres über einen
Amberger im Münchener Nationalmuseum mit, den wir
leider nicht gesehen haben.

Nationalmuseum zu München Nr. 6.

Halbfigur eines jungen Mannes, Dreiviertelprofil
nach rechts, in reicher Kleidung, die Hände übereinandergelegt. Hinter ihm ein grüner Vorhang — rechts Landschaft mit einer Landzunge, worauf eine befestigte Stadt
sichtbar wird. Auf dem Wege reitet ein Ritter. Hintergrund Alpen.

Musée Royal de Bruxelles.
„Portrait d'homme p. Christ. Amberger".

Uns bekannt aus einer Hanfstängelschen Photographie, 1885, Nr. 45.

---

1) Repert. 1889, XII, p. 44.

Hüftfigur eines Mannes, Dreiviertelprofil nach rechts, im Vollbart mit breitem, nicht sehr ausdrucksvollem Gesicht. Das Haupthaar in eine Kappe gezwängt, darüber ein breitkrämpiger Hut. Rosenkranz in den Händen. Hintergrund Seegestade mit Inselkastell, zu dem eine Brücke führt; am Ufer Berge und Burgen.

Dass es ein oberdeutscher Meister ist, lässt die Photographie wohl bestimmt erkennen. Für die Nachprüfung am Originale im Auge zu behalten.

Auch die Bilder eines **Ehepaars, Petersburg, Eremitage Nr. 478 und 479**, dort „Scorel" bezeichnet, sind nach W. Bode und H. von Tschudi sicher von A.'s Hand. L. Scheibler, der nur die Braunsche Photographie der Bilder kannte, dachte früh schon an A.

Mann, jugendlich mit hellblondem Haar, in braunem Pelz und dunkelgrüner Schaube, mit breitem Hut, fast en face nach rechts. Bräunlich gelber Hintergrund. Holz (Linden ?).

Frau in gelbem Häubchen; blondes, breit gewelltes Haar mit reichem Schmuck geziert. Linnenhemd nebst Goldkette. Fast en face nach links. Bräunlich gelber Hintergrund. Das Bild ist von Holz auf Leinwand übertragen. Fleischton vortrefflich; die Bilder sind den Wiener „Scorels" nahe verwandt, also Amberger.

P. v. Stetten[1]) führt unter A.'s Werken in der Kaiserlichen Galerie zu Wien auch ein historisches Sück an, Herodias mit dem Haupt Johannis des Täufers. Schon Mündler[2]) hat letzteres dem Andrea Solario zu-

---

1) Kunst- und Handwerksgesch. von Augsburg II, p. 187/188. „Von Christ. Ambg. sind in der Kaiserlichen Galerie zu Wien unter den Gemälden alter, deutscher Meister Nr. 42, 43, 44, 45, 49, 50, 79 und 87, meist Porträts, nur das letzte ist historisch, nämlich Herodias mit dem Haupt Joh. des Täufers."

2) Woltmann in Meyers Allg. Künstlerlex, p. 601.

gewiesen, ebenso J. Lermolieff,[1]) heute führt es, Saal I. Nr. 25, den Künstlernamen „Cesare da Sesto".

Höchst fraglich erscheint A.'s Anteil an dem Porträt des Kaiserlichen Feldhauptmanns Georg v. **Frundsberg, Berliner Gal. Nr. 577, dort „Amberger ?"** — bezeichnet. Lebensgrosse Halbfigur in voller Rüstung, etwas nach rechts gewendet, mit Helm und Schärpe. Eine Hellebarde in der Rechten. Rechts das Wappen, unten eine siebenzeilige lateinische Inschrift. Hintergrund eine Nische.

Rottannenholz. 151 cm h., 96 cm br. (Sammlung Solly, 1821.)

In einer Publikation von Biographieen von Fürsten und Heerführern, mit ihren historischen Rüststücken und Waffen, wie sie sich in der Ambraser Rüstkammer befanden, herausgegeben auf Befehl des Erzherzogs Ferdinand von Tirol von Jacob Schrenckh von Notzing, mit Stichen von Domenicus Custos, begonnen 1582, vollendet 1602, findet sich auf Seite 164 das Bild des Georg v. Frundsberg, ganze Figur in einer Nische, das in Gesicht, Haltung, Kostüm und Beiwerk genau mit dem Bilde Berl. Gal. 577 übereinstimmt. Nur das Haupt ist unbedeckt, und der Helm befindet sich auf dem Erdboden rechts. Der Stich Nr. 164 stimmt bestens in die ganze Serie des Buches — alle stellen ganze Figuren in Rüstung und Waffen in einer Bogennische dar. Laut Vorrede des Buches sind die Stiche, soweit es Rüstungen und Waffen angeht, genau nach den historischen Originalen der Ambraser Rüstkammer gearbeitet. Für den Stich Nr. 164 trifft das auch richtig zu, die Rüstung, die er

---

1) „Im Belvedere zu Wien ist Nr. 78 (?) I. Saal der altdeutschen Schule unter dem Namen „Amberger", richtiger „Andreas Solario". — Werke Ital. Meist. in den Galerieen zu München, Dresden und Berlin, S. 71.

darstellt, findet sich noch heute im Kunsthist. Hofmuseum zu Wien, Saal XXVII, Nr. 207. Die Rüststücke waren nur unvollständig erhalten, deshalb wurden z. B. Schultern und Oberarm mit einem kragenartigen Überwurf drapiert. Die geätzten Ränder und die geschwungenen Schuppen am Oberschenkel der an sich ziemlich alltäglichen Rüstung giebt der Stich aufs genaueste wieder. Der Maler hat das historische Rüststück offenbar nicht gesehen, er hält sich aufs engste an die detaillierten Formen des Stiches, kennt aber die Farben nicht und legt sich dieselben für seine malerischen Zwecke in Schwarz (Rüstung), Rot (Schärpe) und Goldgelb (Schlitzen an den Armen und Oberschenkeln) zurecht. Dieses Frundsbergbild ist demnach höchst wahrscheinlich erst am Ende des 16. Jahrhunderts unter dem Eindruck des Stiches des Domenicus Custos gefertigt worden.[1]) — Nichtsdestoweniger mögen die Gesichtszüge des Feldhauptmann authentisch und dem Gemälde eines der grossen Maler der Augsburger Renaissance entlehnt sein. Es waren offenbar alte Gemälde Ende des 16. Jahrhunderts im Familienbesitz der Frundsberg. Das geht aus einer Erklärung Erzherzog Ferdinands von Tirol vom 3. Juni 1578 an Georg Frundsberg d. J. hervor, in welcher er letzterem für seine Bereitwilligkeit dankt, Porträts und Harnische seines Vaters und Grossvaters zu übersenden, und gleichzeitig anheimstellt, in welcher Grösse die fraglichen Gemälde anzufertigen seien.[2]) — Somit findet

---

1) Scheibler, Janitschek, Geschichte der deutchen Malerei, p. 433; ebenso Woltmann, H. Holbein und seine Zeit I, p. 259, nannten bestimmt A. als Künstler des Frundsbergbildes. Eine alte Kopie im Besitz des Frhr. W. v. Schertel, Klingenberg, war ausgestellt auf der Schwäb. Kreisausstellung zu Augsburg 1886. (L. Scheibler, Repert. X. 1887. p. 29.)

2) Kleines Exemplar in der Porträtsammlung des Erzherzogs Ferdinand von Tirol, Katalog Nr. 807, und noch zwei

sich auch urkundlich bestätigt, dass damals neue Gemälde für Schloss Ambras etc. gefertigt wurden. Das Ambraser Exemplar ist dasselbe wie das Berliner Bild, nur verkleinert.

Auch das Bild eines Ordensritters, Wiener Galerie Nr. 1520 (1434), dort ohne Einschränkung „Christ. Amberger" genannt, rührt nicht von der Hand unseres Meisters her.

Blonder Mann, bis zur Hälfte sichtbar, en face vor einer Steinbrüstung, hält Totenkopf und Sanduhr. Pelzgewand, auf der Brust rotes Kreuz.

Rötlicher Hintergrund: 1531

AE   37

Holz. 63 cm h., 47 cm br. (Sammlung Erzherzog Leopold Wilhelm.)

Das Bild zeigt nicht das Geringste von A.'s Hand. Engerth hatte es dem A. zugeschrieben. Schon wegen des „Eichenholzes", wie Scheibler angiebt, kaum oberdeutsch. Letzterer nennt den B. Bruyn. Waagen, Eisenmann urteilten „dem B. sehr nahe verwandt".[1]

Längst sind auch in Bezug auf unsern Meister die Akten geschlossen bei jener Reihe eigentümlicher, kleiner Porträts der Wiener Galerie Nr. 1564*, 1553*, 1558, 1548*, 1549, 1571* und 1585, die zusammengehören und von denen die mit einem Stern bezeichneten erstaunlicher Weise immer noch im Katalog „Amberger" bezeichnet sind. 1558 ist

---

Wiederholungen im Depot der Gemäldegalerie d. Allerhöchsten Kaiserhauses; vgl. Friedr. Kenner, Jahrbuch, Wien XV, 1894, p. 224. — „Am 3. Juni 1578 erklärt Erzherzog Ferdinand von Tirol, indem er Georg Frundsberg d. J. für seine Bereitwilligkeit, Porträts und Harnische seines Vaters und Gross_vaters zu übersenden, dankte, es sei ihm gleich, in welcher Grösse er erstere machen lassen wolle!" — Fried. Kenner, Jahrbuch, Wien 1893, p. 45.

1) L. Scheibler, Repert. X. 1887, p. 295.

jetzt „H. Holbein d. J., Schulbild", 1549 „Art Holbeins d. J." und „1585 „Deutsche Schule, erste Hälfte des XVI. Jahrhunderts" bezeichnet. Es ragen aus der Reihe hervor durch Feinmalerei Nr. 1571 (1435), links oben mit „1535 di marzo" bezeichnet,[1]) und durch tiefe Charakteristik Nr. 1564. Bayersdorfer nennt einen unbekannten, lothringischen Hofmaler als Künstler dieser Serie,[2]) Woltmann[3]) dachte an die Art des F. Clouet, Clement de Ris,[4]) Gazette d. B. A. 1873 II, an den Kreis des Corneille de Lyon.

Unser Meister hat jedenfalls an dieser Bilderreihe nicht den geringsten Anteil.

Hat sich von A.'s Bildniskunst im Verhältnis zu dem, was er geschaffen haben dürfte, immer nur ein geringer Bruchteil erhalten, und genügt das Vorhandene nur sehr lückenhaft dem Bestreben, die Stufenfolge seiner künstlerischen Entwicklung zu rekonstruieren, so gestattet andererseits eine Reihe sicherer, zum Teil urkundlich bestätigter Werke zur Genüge das Studium von A.'s Eigenart als Maler und bildet somit den Ausgangspunkt und die sichere Grundlage für weitere Forschungen behufs Reklamation des geistigen Eigentums unseres Künstlers. Denn noch viel muss getban werden, um seine Persönlichkeit in wünschenswerter Klar-

---

1) Siehe oben Seite 25. Das Bild scheint den Vuldricus Fugger, Filius Raimundi, 1526—1584 darzustellen. Vgl. die auffallende Ähnlichkeit mit Taf. 18 der Fuggerorum et Fuggerarum Imagines.

2) Fr. pers. Mitteilg. Vgl. dazu die Kritik dieser Ansicht bei Rob. Stiassny, Rep. XI. 1888, p. 375. letzterer denkt an die Schule des Cr. Blanet.

3) Woltmann, Kunstchronik 1873/74, p. 191.

4) Vgl. Scheibler, Repert. 1887, X, p. 294. Bode, Cicerone 1879, p. 621, Thausing, Zeitschr. für bild. Kunst 1879/80, p. 87.

heit erstehen zu lassen, und an gar vielen Orten noch
ist A. zu seinem Rechte zu verhelfen. Unser Meister
ist zu einer Zeit, in der sich die meisten und bedeutendsten seiner Berufsgenossen an die breiten Schichten
des Volkes vermittelst der Holzschneide- und Kupfer-
stichtechnik wandten, vorzugsweise ein Maler der Be-
sitzenden und Vornehmen gewesen. Und wie er den
Kaiser, wie den Diplomaten, den Denker, wie den Kaufmann, vornehme Männer, wie kühl-stolze Damen mit der
gleichen Meisterschaft zu treffen wusste, so lässt er uns
seinen Menschen gleichsam auf den Grund ihrer Seelen
schauen und lässt uns lesen ein Stück ihrer Zeitge-
schichte. Und er selbst, der Künstler dieser Werke, der
mit jeder neuen Aufgabe seinen erstaunlichen Scharf-
blick für das Leben weiter schärfte, er steht uns nahe
als ein ganz modern empfindender Mensch mit dem ent-
schiedenen Zug auf das Reale in den Dingen, den wir
in seinen Bildern bewundern. Aber die Beschäftigung
mit der Bildniskunst, die immer neuen Stoff fand an
den frischen, eigenartigen Persönlichkeiten aus der
Jugendzeit der deutschen Renaissance, sie hat nicht allein
den Inhalt seines Künstlerlebens ausgemacht. Noch lebte
die Anschauung des Mittelalters, die in der Menschheit
eine gleichartige, nur von religiösen Empfindungen be-
seelte Masse sah, im Volke fort, und aus dieser geistigen
Strömung heraus erwuchsen auch unseres Meisters
Kirchenbilder.

Auch diese sind im Werte ungleich. In noch weit
höherem Masse, als seine Porträts, zeugen sie für seinen
Enthusiasmus für Venedig. In unseres Meisters letzten
Lebenszeiten plagt er sich anscheinend auch damit, gewisse Eigentümlichkeiten der lombardischen Schule, die
es ihm angethan haben, geistig zu verarbeiten, ohne dass
er bei diesem Streben die Anschmiegungsfähigkeit und

die glückliche Hand wiederfinden könnte, die ihn in seiner Jugendzeit auszeichneten. Wer seine Auftraggeber für das Kirchenbild waren, haben wir in keinem Falle urkundlich erweisen können. A.'s Thätigkeit fiel in die Regierungszeit der Augsburger Bischöfe Christoph von Stadion (1517—1543) und Otto Truchsess von Waldburg (1543—1573).[1]

Es haben sich nur wenige Bilder religiösen Inhalts von A.'s Hand erhalten. Die bilderstürmerischen Bewegungen, die ja auch Augsburg in der ersten Hälfte des 16. Jahrhunderts schwer trafen, auch die späteren unruhigen Kriegszeiten mögen viel vernichtet haben. Waren doch die Bilder, die allein durch ihre Aufstellung an öffentlicher Stätte schon exponiert genug waren, bei ihrem meist sehr erheblichen Umfang im Falle der Gefahr recht schwer in Sicherheit zu bringen, ganz im Gegensatz zu den handlichen, in der Stille der Privathäuser aufgehobenen Porträts.

Das früheste seiner erhaltenen religiösen Bilder haben wir in der Madonna mit dem Jesusknaben, **Augsburger Gal. Nr. 694**, dort „Martin Schaffner" genannt.

Die Madonna, fast Profil nach links, sitzt in einer Halle, von deren Architektur rechts im Hintergrunde unter einem grünen Vorhang zwei braune Pfosten zu bemerken sind. Sie reicht dem lieblich zu ihr aufschauenden, blonden Kinde die Brust. Die Madonna hat einfach gescheiteltes, von einem Perlreif umschlungenes, lang herabfallendes Haar von warmem Goldblond, darüber einen zart durchsichtig gemalten, weissen Schleier, über welchen teilweise ein dunkler Mantel gezogen ist. Ihr bräunlichrotes Gewand spielt in wunderbaren rosaroten und gelblichen Tinten. Mutter und Kind zieren

---

1) Vgl. Placidus Braun, Geschichte der Bischöfe von Augsburg, Kap. LV und LVI.

strahlenförmige Nimben aus Blattgold, der des Kindes mit eingefügten Lilien.

Im Hintergrunde rechts und links Ausblick auf eine Landschaft mit Architektur und Felsen.' Lindenholz. 42,50 cm h., 38 cm br.

Eine gewisse Festigkeit in der Zeichnung deutet auf die Zeit um 1530 als Entstehungsperiode dieses Werkes. Die venetianischen Einflüsse sind hier selbst für A. auffallend stark hervortretend. Sie zeigen sich in dem wunderbaren Kolorit, in der blühenden, warmen Karnation und in den tief-durchsichtigen Schattenpartieen. Janitschek[1]) findet darin „den Rosaton des Paris Bordone", R. Vischer[2]) im Profil den Einfluss des Palma il Vecchio oder des jungen Tizian. Er hält allerdings das Bild für „Tyrolisch", sich dabei einer früheren Meinung Ad. Bayersdorfers anschliessend. Dagegen treten Woltmann[3]) und Janitschek sowohl, wie L. Scheibler[4]) und W. Schmidt[5]) überzeugt für A. ein.

Und in der That, ein detaillierter Vergleich mit den in Frage kommenden Gestalten des grossen, bezeichneten Dombildes von 1554 in Augsburg gestattet keinen Zweifel an A.'s Urheberschaft.

Vor allem kehrt der Typus des Christkindes mit dem gelblich blonden Haar in einzelnen Löckchen und dem ernsthaften Gesichtsausdruck dort wieder. Aber

---

1) Gesch. d. Deutsch. Malerei, p. 432.

2) Studien zur Kunstgesch., p. 470.

3) Er setzte unter eine Photog. dieses Bildes im kunstgesch. Institut der Univers. Strassburg den Künstlernamen A. Janitschek a. a. O., p. 432. Anm.

4) Repert., 1887, X, p. 293.

5) Repert., 1888, XI, p. 536. Schon 1874 hat W. Schmidt in der Allg. Zeitg. Nr. 316 beide Augsbg. Madonnen dem A. zugeschrieben. (Repert. XIII, p. 274.)

auch das lebensfreudige Antlitz der unbefangen zu dem
Kinde niederblickenden Jungfrau findet sich in ähnlicher
Weise für die Figur einer Heiligen an der Staffel des
Dombildes verwertet. Die Details der Hände und Ohr-
formen zeigen A.'s Eigenart eben so bestimmt, wie die
sorgfältige Zeichnung der Spitzenmanschette und die
charakteristische Landschaft. Das Gesicht des Knaben
ist in schwieriger Verkürzung meisterhaft gezeichnet,
die noch nicht gänzlich freien Formen des Körpers erinnern an ähnliche Burgkmairsche Gestaltungen desselben Gegenstandes.

Das Bild ist gut erhalten und ein äusserst beach-
tenswertes Stück von A.'s kirchlicher Thätigkeit.

In der Galerie der Kunstakademie zu Wien Nr. 556
fanden wir eine „Heilige Familie",[1]) dort dem „Meister
v. Tode d. Maria" zugeschrieben, bei welcher die Figur
der Jungfrau direkt von dem vorher beschriebenen
Augsburger Gemälde übernommen zu sein scheint. Wir
bemerken das für event. Nachprüfung, da wir nicht
ein abgeschlossenes Urteil wagen wollen.

W. Schmidt hat auch zuerst[2]) die „Madonna mit
dem Stieglitz", **Augsburger Gal. Nr. 398, dort „Bellinische
Schule"** genannt, dem A. zugesprochen.

Die Madonna, die lächelnd aus dem Bilde heraus-
schaut, hat schlichtgescheiteltes, rotbraunes Haar, .das

---

1) Maria reicht dem Kinde, das vor ihr auf einem Tisch
steht, die Brust. Links im Fenster des Hintergrundes, durch
das man auf eine Landschaft blickt, der lesende Joseph. Auf
dem Tisch ein halbgeleertes Weinglas und eine durchschnittene
Orange nebst Messer. Lindenholz.

2) Vgl. Feuillet. d. Allg. Ztg. 1874, Nr. 316, und Repert.
XIII, 1890. p. 274. Bei diesem Werk wurde nach einander
an die Bellinische Schule, Tizian, Holbein (Mündler) und
an einen Nachahmer des Cima da Conegliano (v. Marg-
graff) gedacht.

ein herabwallendes weisses Kopftuch zusammenfasst. Bekleidet ist sie mit rotbraunem Gewand und blaugrünem Mantel. Das Kind hält in der zusammengedrückten rechten Hand einen Stieglitz.

Papier auf Holz. 58 cm h., 47,50 cm br.

Der Kopf der Madonna ist durchaus reif italienisch. Der verkürzte Kopf des Kindes mit dem in eigener Art gescheitelten, gelbwelligen Haar kehrt immer auf A.'s bezeugten, religiösen Bildern wieder, so auf dem Dombild und den Bildern der Annenkirche.

Das Bild ist durch schmutzigen Firniss total entstellt. Eine Reinigung ist bei dem äusserst difficilen Grund leider nicht durchführbar.

A.'s reifstes Werk, zugleich ein Kleinod deutscher Kirchenmalerei, ist **sein grosses Dombild** im Umgang des Domes zu Augsburg, jetzt der Hauptschmuck der Kapelle des Bischofs Johannes Christophorus von Augsburg, aus dem Geschlecht der Freiherrn von Freyberg-Eisenberg, gest. 1690.[1])

Das Werk baut sich auf aus Hauptbild, Flügelbildern, Staffel und Tympanon.

Den Mittelpunkt der grossartigen Komposition nimmt die Jungfrau mit dem Kinde ein, von musizierenden Engeln umgeben. Die Mutter ist die Verkörperung der höchsten Lebensfreude, ihr schönes, rundes Gesicht blickt klug und weltlich heiter; das in tausend wohlfrisierten Löckchen zierlich geordnete, goldblonde Haar ist in der Mitte gescheitelt. Sie zeigt durchaus den Tizianischen Typus fürstlicher Frauenschönheiten. Ihre Rechte hält das Jesuskind, die Linke ein Buch. — Das Kind stützt das linke Händchen auf eine im Schoss der Maria ruhende Weltkugel, die Rechte hat es segnend

---

1) Placidus Braun, Gesch. d. Bischöfe v. Augsburg. Augsburg 1829. LXII. Kap., p. 344 ff.

über einen lautespielenden Engel erhoben. Zur Rechten kniet ein Engel, der die Harfe schlägt. Zu Häupten der Jungfrau strahlt eine Glorie in lichtschimmernden Farben, aus der eine weisse Taube herniederschwebt.

Auf dem linken Flügelbild ist der heilige Ulrich dargestellt, eine hohe Gestalt im Bischofsornate, reichem Mantel und weissem Untergewand, den Krummstab im Arm, wie er zu einem Engel emporblickt, der, ein Kreuz in der Hand, gen Himmel weist.

Im oberen Teil des Flügels ist eine sehr dunkel gehaltene Landschaft sichtbar.

Der rechte Flügel zeigt die heilige Affra auf dem Scheiterhaufen. Ihr Gesicht von länglichem Oval, das sonst bei A. selten, — von goldblondem Haar umwallt und mit einer Krone geschmückt, erinnert an die Magdalenentypen der Venetianer. Bekleidet ist sie mit rotem Mantel, darunter rote, weite Oberärmel, nebst engen, grünen Unterärmeln. Aus den Wolken schwebt ein Engel,[1] das Diadem haltend, zu ihr herab. Im Hintergrunde ein Baum, und oben ein zerfallener Renaissancebogen.

Auf der Staffel finden sich die Brustbilder von sieben Heiligen auf Hintergründen von buntfarbigem Stein, deren Namen vermerkt sind. Von links zuerst St. Affer, ganz Profil, von tiefbraunem Gesicht, auf dem langen, ergrauten Haar ein purpurrotes Barett — eben der wettergebräunte Kaiser Maximilian.[2]

Es folgt St. Evtropia, auch Profil, in ein Buch hinabschauend,[3] in roter Haube und gleichartigem Untergewand, darüber gelbgrüner Mantel.

1) Entspricht genau dem Jesusknaben Augsb. Gal. 694. Katalog 67.

2) Vgl. Handzeichnung bei Adalbert v. Lanna, Prag, Katalog d. H., Nr. 1.

3) Unverkennbare Ähnlichkeit der Auffassung mit der Madonna Augsbg. Gal. 694, Katalog 67.

Darauf S. Narcissus, Profil im Bischofshut, in reichem goldgestickten, weissen, Prunkgewand, im linken Arm den Krummstab; die Hände, mit roten Handschuhen bekleidet, blättern in einem Buche.

St. Hillaria, in weisser, hoher Haube und blauem Mantel, das Haupt rechts geneigt, die Hände über einem Buche zierlich zusammengelegt. Am Steingesims des Hintergrundes hinter ihrem Haupte findet sich die Inschrift: 15   54 C. A.

St. Dionysus, Profil im Bischofshut, Krummstab in der Linken, in hellrotem Mantel und dunklem Unterkleid mit reicher Goldborte. Die lederbehandschuhten Hände blättern in einem Buche.

Die äussersten rechten Staffeln schliessen St. Evnominia ab in blauem Kopftuch mit zierlich nach rechts geneigtem Haupte und endlich St. Digna, von geradem Profil, in grünem Untergewand und rotem Mantel, einen Palmenzweig in der Hand.

Das dreieckig das Hauptbild nach oben krönende Tympanon zeigt in kleinen Figuren Christus am Kreuze mit Joseph und Maria, über ihm Gott Vater, unten in den Ecken Tod und Teufel.

In wundervoller Weise ist der Gegensatz zwischen den ernsten Mannestypen und den in tiefster Betrachtung versunkenen Frauen der Staffelbilder mit den in menschlichster Empfindung der Freude, des Triumphs und des Leidens bewegten Gestalten des Hauptbildes getroffen. Diesen Gegensatz bringt die an der Staffel durchweg strengere, an Mittel- und den Flügelbildern aber ungemein weiche Zeichnung noch deutlicher zum Ausdruck. Das ganze Werk strahlt eiteln Sonnenschein wieder, und die vortreffliche, überaus übersichtliche Komposition hat etwas Heiteres, Festlich-Freudiges. Der leuchtende Goldton des Incarnats, die herrlichen Frauengestalten in jenem venetianischen Blond, dem der Orient noch die rotgelben Töne des Hennah lieh, die wie zufällig über das Ganze ausgestreuten Blumen, der edle architektonische Aufbau vereinigen sich zu unvergleichlicher Gesamtwirkung. Die Zeichnung ist überall flott und sicher, das bis in die tiefsten Schatten durchsichtige Kolorit macht dem Genossen eines Tizian und Paris Bordone alle Ehre. An diesem Werke können wir unsern Meister am besten geniessen in der eigenartigen Poesie, mit der er Natürliches hier wiedergegeben und Licht, Farbenton und Beiwerk zu einer schier zauberhaften Atmosphäre verklärt und verschmolzen hat. Und wie er bei allem Schmelz und allem Zartsinn die wunderbarste Verbindung von Kraft und Weichheit, Farbenfülle und Transparenz in diesem Bildwerk fand, so schuf er in demselben die letzte Verkörperung einer idealen Formensprache in der deutschen Kunst überhaupt.

Das Werk zeigt nur geringfügige Spuren von Abblätterung. Restauriert von Eigner. Photographiert von Fried. Höfle, Augsburg.

Von einer dem Dombild an Umfang ähnlichen Komposition mag vielleicht, wenn L. Scheibler mit seiner Zuweisung recht behalten sollte,[1]) die Figur des **heilig. Augustin, Kassler Gal. Nr. 18,** stammen.

Der Heilige, in zweidrittel Lebensgrösse, Vorderansicht in ganzer Figur. Das Haupt ist sanft nach rechts geneigt, die Rechte segnend ausgestreckt, die Linke hält den gotischen Krummstab. Traditionell reiche Tracht, goldgesticktes Obergewand, tiefroter Rock, weisses Untergewand, grünes Mantelfutter und grüne Handschuhe, darüber Ringe. Fussboden Steinfliesen.

Braungrüner Hintergrund.

1) L. Scheibler hält den Augustin für ein Werk aus A.'s Spätzeit. Vgl. Eisenmanns Katalog der Kassler Galerie.

Eichenholz. 124 cm h., 60 cm br.

Das Bild befand sich früher im Magazin des Berliner Museums in fragmentarischem Zustand, wo es damals Woltmann[1]) auch dem A. zuteilte. So weit die durchgreifende Restauration noch Ursprüngliches übrig gelassen hat, bieten sich keine Beweise, die für A.'s Hand sprächen. Mit den einzigen A.'schen Typen, die man füglich zum Vergleich heranziehen könnte, den Heiligen des Dombildes, scheint uns der Kassler Augustin sogar nicht das geringste gemein zu haben. Daher schliessen wir um so leichter der Ansicht Eisenmanns[2]) an, der hier an einen niederländischen Künstler denkt, als ja dessen Argument „Eichenholz" sonst auch mit Vorliebe von L. Scheibler[3]) als Beweis gegen die Oberdeutschen in Anspruch genommen wird.

Voll bezeichnet und datiert ist das Bild der **Annen-kirche zu Augsburg, darstellend Christus im Kreise der klugen und thörichten Jungfrauen, von 1560.**

Aus einem prächtig aufgebauten Portal, welches rote Steinsäulen tragen und über dessen Mitte in grossen Buchstaben „Porta Gloriae" zu lesen ist, tritt Christus hervor, umstrahlt von bläulichem Nimbus, angethan mit grünem Mantel und violettem Unterkleid. Er wendet sich mit süsslicher Geberde zu der Gruppe der links demütig nahenden, klugen Jungfrauen, über welchen zwei segnende Engel schweben. Im Hintergrunde sieht man durch eine Bogenthür den Sternhimmel.

Die Gruppe der thörichten Jungfrauen findet sich rechts im Vordergrunde, darüber ein feuerfarbiger, strafender Dämon. Hier ist die höchste Reichhaltigkeit und Variation in den Gefühlsausdrücken; — die einen fliehen

1) In Meyers Allg. Künstlerlexikon, p. 601.
2. Katalog der Kassler Galerie.
3) Katalog Nr. 76.

klagend davon, die andern bitten und flehen, die dritten
dämmern träumend dahin; — ein Zug von Lebensfreude
und Koketterie ist ihnen allen gemeinsam.

Unten schliesst das Bild ein viereckiger Rahmen
ab, auf ihm Stundenglas und zwei Totenschädel. In ihm
zwei lagernde Engel, der links mit dem Wappen der
Vöhlin (Kranich in senkrecht geteiltem schwarz-weissen
Feld), der rechts mit dem der Familie Österreicher (blaue
Lilie in wagrecht geteiltem schwarz-weissen Feld) in
den Armen.

Auf einer Leiste findet sich die Jahreszahl: M ·
D · LX · und, was als Unicum besonders bemerkenswert
ist, darunter der volle Name: · C · AMBERGER · f ·

Das Ganze ist wenig charaktervoll; weichlich-welt-
liche, venetianische Gestalten wirken schablonenartig; in
den gebrochenen roten, rotbraunen und grünen Farben-
tönen erschauen wir Experimente eines Koloristen, der
sich selbst nicht mehr genug thun kann. Wägt man
das technisch noch immerhin bewundernswerte Kolorit und
den trefflichen Aufbau des Bildes gegen seine offenbaren
Schattenseiten — Pose, Weichlichkeit und süssliche Ge-
ziertheit der dargestellten Figuren — ab, so kann man dem
Ausdruck „unerfreulich", den L. Scheibler[1]) für das
Bild hatte, nur beipflichten.

In der Kunstart schliesst sich das andere Bild der
St. Annenkirche, die Verklärung Christi darstellend, eng an
das eben beschriebene an.

In der Mitte hoch oben schwebt Christus in weissem
Mantel in einer Wolkenglorie von visionärer Farbenwirkung in hellgrünen, rosaroten und himmelblauen
Tönen. Links neben ihm Moses, rechts Elias, letzterer
sehr schön in seiner Pose. In wilder Bewegung, die
durch die Gesuchtheit der Stellungen geradezu gewaltsam

---

1) Repert. X, p. 27.

wirkt, sehen wir unten in einer dunklen Landschaft eine
Gruppe von drei verehrenden Jüngern. Auf dem Flügel
rechts vor einem Hintergrund, den ein tiefroter von
Engeln gehaltener Teppich bildet, die Stifterin in weisser
Haube mit sieben Töchtern, — links entsprechend der
Ehegatte nebst fünf Söhnen.

Die drei P in schwarz-weissem und die goldene
Lilie in gold-weissem Felde bezeichnen die Vöhlin und
die Rümelin als die Stifter.

Komposition unruhig (z. B. stören die beiden in
heftiger Bewegung durch die Wolken sausenden Engel
entschieden den Gesamteindruck), ein Virtuosentum, dem
die Farbenwirkung über alles geht, fällt unvorteilhaft
ins Auge.

Man kann annehmen, dass nach Fertigstellung des
Dombildes eine Periode überhasteter Thätigkeit auf
dem Gebiet des Kirchenbildes für A. begonnen habe.
Denn nur durch eine übereilte und überanstrengte Thätigkeit lässt sich der Rückgang und Verfall erklären, den
die Bilder der St. Annenkirche zeigen und den doch
offenbar die so kurze Zeit von sechs Jahren gezeitigt
hat. Allerdings klingen ja die Hauptschwächen von A.'s
Spätzeit schon leise in den Mittelfiguren des Dombildes
an, Weichheit musste logisch im Lauf der Zeit zur Süss-
lichkeit führen. und schliesslich waren A.'s Fehler die
Fehler der deutschen Malerei um die Mitte des Jahrhunderts überhaupt.

In Gsell-Fels, Oberitalien, p. 408, lesen wir folgende interessante Notiz, durch die unsers Künstlers
enge Beziehungen zu Venedig neu bestätigt werden
dürften. „In der Scuola dell' Angelo Custode, die deutsch-
evangelische Kirche, 1812 aus dem Fondaco dei Tedeschi hierher verlegt, hier „segnender Christus, angeblich
Tizian, nach Crowe und Cavalcaselle von Amberger."

Für diesen Fall, wie für Venedig im allgemeinen, müssen wir uns weitere Forschungen vorbehalten. Wahrscheinlich in die allerletzten Lebensjahre unseres Meisters fallen, wenn die noch immer lebendige Tradition Recht hat, die Bilder, mit welchen er die Bogenfüllungen des **Kreuzganges der St. Annenkirche** geschmückt hat.[1]) Bedauerlicher Weise sind diese Bilder, die auf senkrecht zusammengefügten Holzbrettern gemalt waren, gänzlich vergangen und bis auf die Untermalung abgewaschen. Es waren figurenreiche Darstellungen der **Erhöhung der Schlange** (zum Gedächtnis von Johann Paul Conrad und Victor Vöhlin) und einer **Auferstehung**, (zum Andenken an Jodocus und Georg Schorer). Hie und da ist noch ein eigentümlich gezeichnetes, hyperklassisches Profil erkennbar und hin und wieder finden sich Farben, die in ihrer Unvergänglichkeit die einstige Intensität des Kolorits ahnen lassen.[2])

Bekannt ist, dass das einzige Bild, welches in der **Augsburger Galerie den Künstlernamen A. führt, Nr. 59.** darstellend die Verehrung des Jesukindes durch die heiligen drei Könige,[3]) nicht von ihm, sondern von **Gumpoldt Gültlinger** herstammt. Des letzteren Urheberschaft wird erwiesen durch ein auffallend mit obigem übereinstimmendes Gemälde, das, mit Gültlin-

1) P. v. Stetten, Kunst- und Handwerksgeschichte von Augsburg, II, p. 188. „Im Kreuzgang bei St. Anna über einem Grabe ein gutes, historisches (!) Stück mit seinem Namen und der Jahr = 1560.“

2) Aus dem Archiv der Annenkirche, das heute leider allem Anschein nach unbenutzbar, dürfte sich urkundliche Kenntnis über unsers Meisters offenbar sehr umfangreiche Thätigkeit von dieser Kirche schöpfen lassen.

3) In einer Renaissancehalle, links das Wappen der Stetten, rechts das der Baumgartner. Könige zeigen Porträtköpfe.

gers Namen bezeichnet, sich im Besitz des Dr. Hofmann in Augsburg befindet.[1]) Eine dritte Wiederholung hängt in der Gal. d. Louvre zu Paris. Nr. 597.[2]) 176,50 cm h., 115 cm br.

Auch bei der Bilderfolge aus dem Marienleben, **Dresdner Gal. Nr. 1896—1900**, eines „Schwäbischen Meisters, zweite Hälfte des 16. Jahrhunderts" denkt L. Scheibler[3]) an unsern Künstler.

Dargestellt ist 1896: Verkündigung.
           1897: Besuch der Frauen.
           1898: Anbetung des Kindes.
           1899: Beschneidung.
           1900: Anbetung der Könige.

Ein der Serie zugehöriges Bild wurde dem Berliner Museum zum Kauf angeboten.[4])

Die Technik und das Kolorit sind entschieden Augsburgisch, doch scheint uns die Zeit des Katalogs zu spät. Besonders mit der Farbe ist der Meister direkt von Burgkmair beeinflusst, und zwar ergiebt das ein genauer Vergleich in der „Heiligen Familie" des letzteren, Berliner Gal. Nr. 584. Die Formensprache der Dresdner Folge ist jedoch weit weniger ausgeprägten Charakters, als es Burgkmair liebt, erinnert aber in noch geringerem Grade an A.'s Kanon. Das bäurischbreite Gesicht, das semmelblonde Haar der Jungfrau und das unschöne Kind stehen in starrem Gegensatz zu A.'s schönheitsfrohen Gestalten auf den Madonnen- und Kirchenbildern. Wir müssen uns daher W. Schmidt

---

1) Vgl. E. v. Huber, Repert. 1880. III, p. 69, und Dr. R. Hofmann, Zeitsch. d. Hist. Vereins für Schwaben und Neubg. I, p. 122.

2) Vgl. C. Schnaase, Gesch. d. Bild. Künste Bd. 8, p. 435. Anm. I.

3) Vgl. Wörmanns Katalog — auch fr. pers. Mittlg.

4) Fr. pers. Mittlg. L. Scheiblers.

anschliessen, der erklärt,[1]) dass diese Reihe nichts mit A. zu schaffen habe.

A.'s Schaffenskraft blieb also, wie wir vorher sahen, bis in seine letzte Lebenszeit ungebrochen. Leider verteilen sich die erhaltenen Werke sehr ungleichmässig über die verschiedenen Lebensjahre. Am besten ist er uns für das Porträt in den 40ger Jahren, für das Kirchenbild um 1554 bekannt. Am wenigsten kennen wir seine Jugendwerke. Schon Woltmann[2]) klagte über die Unmöglichkeit, einen annähernd vollständigen Katalog der Werke unsers Meisters zu geben. Er zeichnet fast nie mit Namen und ebenso selten mit den Initialen. Vielleicht hat ihn, der nach Ort[3]) und Inhalt seiner religiösen Bilder und nach seinem Kundenkreis für das Porträt zweifellos ein Anhänger der alten Lehre war, bei seinem negativen Verhalten in dieser Beziehung die Erwägung geleitet, dass seine Initialen C. A.[4]) als religiöse Parteinamen missdeutet werden könnten. Denn ein rechter Protestant hiess damals kurzweg A. C. oder C. A., ein eifriger Katholik C.,[5]) und diese Bezeichnungen wiederholten sich an allen möglichen Gebäuden und Gegenständen des öffentlichen Besitzes. Ein Beweis für diese Ansicht ist es vielleicht, dass er ein Werk, das voll aus dem Geist des Katholicismus heraus entstanden war, wie das Dombild, mit seinen Anfangsbuchstaben

---

1) Repert. XIII, 1890, p. 274.

2) Meyers Allg. Künstlerlex. I, p. 600 ff.

3) Auch die St. Annenkirche kam erst infolge des Westfälischen Friedensschlusses 1649 in den Besitz der Evangelischen.

4) Auch C. A. = Civis Augustanus oft gebraucht und daher seiner Besonderheit als Monogramm beraubt, vgl. Woltmann, H. Holbein und seine Zeit I, p. 59.

5) Vgl. W. H. Riehl, Culturstud. a. drei Jahrhunderten, p. 318 „die kirchliche Parität".

bezeichnete. Dieselben sind ein einfaches, lateinisches
C. A.; die bei Nagler[1]) angegebene, zweite, modernere
Form beider Buchstaben haben wir nirgends nachweisen
können.

Wahrscheinlich bergen sich unter andern, meist
berühmteren Namen noch manche Werke unseres
Meisters. Die Galerieen Oberitaliens und die alten Län-
der der Österreich-Ungarischen Monarchie sind für fer-
neres Studium besonders im Auge zu behalten.

Enge Zunftvorschriften hielten wohl auch in A.'s
Werkstätte den Betrieb immer in den Grenzen des
Handwerklichen. Oft genug mag sie unser Meister be-
engend empfunden haben.[2]) Doch dürfte er als zeit-
weiliger erster Augsburger Künstler und vielbeschäftigter
Unternehmer während eines langen Lebens so manchen
Lehrjungen und Schüler ausgebildet haben. Nach den
Einträgen[3]) im älteren Zunftbuch stellte er folgende
Lehrknaben vor:

72c. XXXVI Jar am XII dag marty.

Item: Es ist für eyn Handtwerk kumen mit namen
Christoff amberger vnnd hat ain knaben fürgestelt mit
namen Hans leu[4]) von Kaufbayren vnnd hat eyn Handwerk eyn genuegen daran gehabt der ellichehait halben
am XII dag marty im XXXVI Jar.[5])

f. 72c. p. 66 oben rechts.

Am sondtag vor sandt Gallentag Im 1538 jar hatt

1) Monogrammisten I, p. 926.
2) Vgl. Anhang 6809.
3) Schon veröffentlicht von E. v. Huber, Repert.
1880, III, p. 234.
4) Der bekannte Züricher gleichen Namens (beeinflusst
durch Grünwald und Dürer) fiel schon 1531 in der Schlacht
bei Kappel.
5) Bei R. Vischer, Stud. zur Kunstgesch., p. 558, im
Auszug.

der Erbare maister Cristoff amberger ain knaben vir gestellt, der heist Cristoff aichelle ist von Saltzburg.[1])

fol. 72c. p. 55, rechts oben.

1542.

Cristoff amberger hat ain knaben fürgestellt am sontag nach Georgii mit Namen Samuel Mezler von Costnitz und ain erber Handwerk hat ain guet benuegen gehabt 1542.[2])

Er hat seine Zeit redlich verdient.[3])

· fol. 72b. p. 99, links unten.

Item Cristoff amberger maler hat ain knaben mit Namen hans Berckhman von Costantz und ain erber Handtwerk hatt ein guet genuegen gehabt beschehen am sontag nach dem aufartag als man zalt 1546.[4])

fol. 72b. p. 103, links unten.

Von den weiteren Lebensschicksalen der eben Genannten wissen wir nichts. Vielleicht waren sie zu unbedeutend, um von einem A. lernen zu können, einen bekannten Namen hat sich jedenfalls keiner derselben errungen.

Auch von seinem Sohne Gottlieb, der 1568 die Gerechtigkeit erhalten, eben so wenig, wie von seinem Enkel Christof, welche P. v. Stetten[5]) urkundlich noch erwähnt gefunden, sind nähere Lebensumstände oder Kunstleistungen bekannt.

1) R. Vischer a. a. O., p. 560.

2) Derselbe, p. 562.

3) Bemerkung von anderer Hand!

4) R. Vischer a. a. O., p. 564.

5) Kunst- und Handwerksgeschichte von Augsburg, I, p. 279: „Im Gerechtigkeitsbuche stehen ausser seinem Namen (der alte Christ. Amberger) auch noch 1568 Gottlieb und 1600 Christoff Amberger, die Sohn und Enkel von ihm gewesen sein mögen." — Diese Nachricht steht in direktem Widerspruch zu einer Notiz zu dem Artikel über den Maler Gumpoldt Gültlinger von Dr. Robert Hoffmann, Zeitschr. des Hist. Vereins f. Schwaben und Neuburg, I, 1874, p. 122:

Aber auch einen direkten Schüler und Geisteserben
darf man unserm Meister wohl zuweisen, allerdings
nicht dem A. des Dombildes, sondern dem A., wie er
sich in auffallend raschem künstlerischen Niedergange
in der Stufenfolge seiner Werke in der St. Annenkirche
leicht verfolgen lässt. — Es ist dies Abraham del
Hele, auf dessen merkwürdige, proteusartige Künstler-
gestalt Herr Adolph Bayersdorfer zuerst unsere Auf-
merksamkeit lenkte. Von Werken dieses Sonderlings
haben sich erhalten „Penelope im Kreise ihrer Frauen",
Schleissheimer Galerie Nr. 230, eine Allegorie auf die
weiblichen Kunstfertigkeiten, und die Darstellung der
„sieben freien Künste", ebenda Nr. 231. Das erste Bild
ist voll bezeichnet an einer Stufe der Treppe: Abraham
del Hele F. 1565. Ganz zerfallen in der Komposition
zeigt es eine wunderliche Mischung niederländischer,
deutscher und italisierender Stilarten. Bei manchen
Gestalten vergisst der Maler im Nachahmertum alle
Grenzen, so ist z. B. das Mädchen mit der Fruchtschale
rechts durchaus ein Laviniatypus, die Frau, die das
Kind wartet und deren verkürzten Kopf wir schauen,
wiederum ganz Tintoretto, das blonde Mädchen und die

„Dessen (Gump. Gültlinger jun.) Sohn trat 1554 bei dem
jüngeren Christoff Amberger in die Lehre u. s. w." —
Malerbuch von 1566 Bl. 195. Dieses citierte Malerbuch
ist mit andern im Besitz des Augsburger Historischen Vereins
gewesen (die citierten Malerbücher des städtischen Archivs
reichen nur bis 1546). Dr. Rob. Hoffmann war Bibliothekar
des Vereins. Gütige Nachforschungen durch Herrn E. von
Huber und Bibliothekar Dr. Grundl in Augsburg konnten
kein Resultat in Bezug auf den Verbleib des Buches erzielen.
— Wir verhehlen uns nicht, dass, wenn sich die Richtigkeit
der Dr. R. Hoffmannschen Behauptung erweisen lässt — es
also 1554 einen Christ. Amberger jun. in Augsburg als Meister
gab, die Frage nach A.'s Alterswerken sich sehr komplizieren
dürfte.

Frau im Profil links oben zeigen raphaelische Züge.
Besonders die Profile hier weisen auf A.'s letzte Werke
zurück; in ihrer übergeraden, antikischen Art sind sie
zahlreich schon vertreten auf dem Bild der klugen und
thörichten Jungfrauen. Das Kolorit des del Heleschen
Bildes zeigt auffallende rote, grüne und braune Töne in
venetiauischer Weise, die Farbgebung ist kälter, das
Incarnat kühler und kreidiger, als selbst in A.'s Verfall-
zeit, stellt sich jedoch als natürliches Produkt der Weiterentwickelung von A.'s Richtung dar. Über das Bild
der „sieben freien Künste", die lesende, musizierende
und zeichnende Frauengestalten in gleichgültiger Haltung
darstellen, vor einem öden Hintergrund mit Nischen und
mathematisch-astrologischen Instrumenten, lässt sich bemerken, dass die Fehler des vorher besprochenen Bildes
in noch höherem Masse hier wiederkehren und seine
Entstehungszeit darum in eine noch spätere Zeit des
Niederganges fallen dürfte.

Von Stetten[1]) und der von ihm beeinflusste Lipowski[2])berichten nun allerdings, dass sich Abraham del
Hele „vermutlich ein Niederländer", um das Jahr 1563
bei „einem dieser Burgmaire" aufgehalten habe, — das
müsste doch wohl der jüngere Hans Burgkmair gewesen sein, der allerdings, wie seine „Höllenfahrt Christi"
in der Annenkirche beweist, schon um 1534 durch seine
nervöse Art der Charakteristik dem Manierismus eines
del Hele bedeutend vorgearbeitet hatte, dessen äussere,
traurige Lebensschicksale und Todesdatum[3]) jedoch eine
Schülerschaft des Ausländers del Hele mehr als un-

---

1) Kunst- u. Handwerksgesch. v. Augsburg I, p. 277.
2) Bayr. Künstlerlex., p. 116.
3) Gest. 1559, ungefähr 60jährig. Vgl. E. v. Huber, die
Malerfamilie Burgkmair zu Augsburg, Zeitschr. d. Hist. Vereins f. Schwaben u. Neubg. 1, 1874, p. 319.

wahrscheinlich erscheinen lassen. — In die von Amberger veranlasste, verhängnisvolle Weiterentwickelung der Augsburger Malerei passt del Hele nicht nur künstlerisch, sondern auch zeitlich vollständig hinein, und so möchten wir ihn uns als A.'s Mitarbeiter an den umfangreichen Arbeiten für die St. Annenkirche in seiner letzten Lebenszeit denken, um so mehr, als sich auch eine selbständige Arbeit von del Heles Hand für diese Kirche erweisen lässt.[1]) Dem berühmten Beispiel seines Meisters folgte del Hele, der übrigens ausdrücklich noch als „Conterfaiter" hervorgehoben wird, als er 1576 zu Regensburg die kaiserliche Familie malte,[2]) woraus schon v. Stetten schliesst, „dass er nicht unter die gemeinen Maler gehörte." — Abraham del Hele lebte noch 1589 zu Augsburg und starb 1598. Ein Sohn von ihm, Hieronymus, lebte 1603 in Wien. Vergleicht man del Heles Bild von 1565 mit dem Bilderschmuck der Fassade D. 278 des Guilio Licinio von 1561,[3]) so stösst

---

1) Ein „jüngstes Gericht" auf Kupfer für das Pömmerlische, jetzt Thurmische Grab. Vgl. v. Stetten u. Lipowski a. a. O. Unter den vielen, noch teilweise bemalten Kupferplatten der Annenkirche konnten wir die in Rede stehende nicht herausfinden. Hatte A. del Hele Beziehungen zu der Schule von Antwerpen, die ja zuerst Kupfer für Leinwand und Holz substituierte? — Die Martin de Voss, Bartel Spranger, Pourbus d. Ält., Brill, Breughel sind Beispiele dafür. Vgl. Iwan Lermolieff, W. J. Mstr. i. d. Gal. z. München, Dresden, Berlin, p. 159.

2) P. v. Stetten a. a. O.

3) Schon 1571 nähert er sich dem Hofe. Vgl. Jahrbuch des Allerh. Kaiserh. XIV. 1893.

K. K. Statthaltereiarchiv in Innsbruck
    herausgeg. von Dr. David Ritter von Schönherr.
10292   1571 Jänner 16, Augsburg.

Abraham del Hel, conterfecter und maler erbietet sich Erzherzog Ferdinand, drei- oder viermal im Jahre nach Inns-

man auf eine Reihe der überraschendsten Ähnlichkeiten.
Wie in der Phantasie des Niederländers italienische Formen übermächtig sind, so kann sich andererseits der
Italiener dem Einfluss der wuchtigen niederländischen
Gestalten in ihrer derben Lebenskraft nicht entziehen,
und gleichzeitig damit ist in beiden Künstlern ein Streben nach Hyperklassicität lebendig, das besonders in den
Profilen zu auffallendem, oft verwunderlichem Ausdruck
kommt. An diesen Leistungen wird uns auch der sonder-
bare Kunstgeschmack des um die Mitte des XVI. Jahrhunderts ganz internationalen Augsburg erkennbar,[1]) und
wir sehen, wie Überbildung und Überfeinerung, die aus
der üppig raschen, kulturellen Entwicklung der reichen
Handelsstadt am Schlusse einer Jahrhunderte langen
Epoche resultierten, auch Künstler und Kunstbestrebungen jener Zeiten sklavisch darniederzwangen. Und
wenn irgend etwas, so ist der Blick auf die, die nach
ihm kamen, geeignet, den alten Christoff Amberger
zu verstehen, und das heisst, die Sonderheiten seiner
Alterskunst entschuldigen.

Von del Heles Leistungen können wir leider
keinen sicheren Rückschluss auf A.'s Lehrgabe machen,
doch lassen sie wohl erkennen, was von seiner Kunst
am leichtesten absehbar war, und was die Mitwelt davon
am meisten schätzte. Seine Farben und sein durch das
eifrige Studium der grossen Italiener geläuterter Geschmack verschafften ihm besonders Anerkennung und

bruck zu kommen und seinen möglichsten Fleiss im Portrai-
tiren und sonst anzuwenden.

Für den Fall, dass sein Kommen erwünscht sei, rechne
er auf Pferd und Unterhalt. Or, A. VII.

1) Über die Einflüsse „italistisch-niederländischen Charakters“ damals in Augsburg vgl. R. Vischer, Über das
Denkmal des Hans Fugger in Augsburg, Jahrb. d. Pr. Kunstsammlungen VIII, 209 u. ff.

Kundschaft. Dass er neben seiner Eigenschaft als Künstler auch Unternehmer und Geschäftsmann in grösserem
Umfang war, scheint uns aus seinen Beziehungen zu
dem Hof Ferdinands I.[1]) hervorzugehen. Der Umstand,
dass er nur .in so geringem Grade Schule gemacht hat,
darf nicht gegen ihn einnehmen, denn nicht auf der
Beibringung zahlreicher Schüler und weitwirkendem Einfluss gründet sich der Platz eines Künstlers in der Geschichte. In der Unübertragbarkeit liegt nach Lionardo
der wahre Adel der Malerei, und Unübertragbares —
das rein Persönliche ist das Wertvollste an jeder Künstler-
existenz. Rein persönlich, aus tiefstem Innern giebt sich
auch unser Künstler und der Genuss seiner Werke darf
sich uns nicht verkümmern durch unser Unvermögen,
alle jene Fragen zu beantworten, die A.'s äusseres Leben
betreffen, deren Lösung, wenn überhaupt, so nur noch
durch Zufallsfunde sich erhoffen lässt. Der Versuch,
aus seinen Werken den Verlauf seines bürgerlichen
Lebens zu konstruieren, erweist sich ebenfalls als resul-
tatlos, wir kommen aber der Persönlichkeit unseres
Künstlers auch nicht näher und werden seinen Verdiensten
nicht gerechter dadurch, dass wir uns um seinen äusseren
Lebensweg bemühen. Wie sein grosser Zeitgenosse
Anton Fugger scheint auch A. für seine private
Existenz dem Wahlspruch gehuldigt zu haben, „Still-
schweigen steht wohl an" —; um so beredter zeugt für
hn seiner Hände Arbeit und sein Leben ist in seiner Arbeit aufgegangen.

Im stolzen Selbstgefühl des Renaissancekünstlers
mag A. Freude daran empfunden haben, auch sein
Selbstporträt der Nachwelt zu überliefern. Auf uns gekommen ist davon leider nur eine Nachbildung in Me-

---

1) Vgl. Anhang, 6809—6918.

daillonformat in Sandrarts Teutscher Akademie,[1]) die
ihn ganz Profil nach rechts, das halblange Haar von
einer Pelzmütze bedeckt, im Vollbart darstellt. Um-
schrift „Christoph Ambergus, Augustanus". Ein feines,
zartes Gesicht, das an Melanchthon erinnert. Auf seinen
Kirchenbildern, auf welchen er vielleicht nach der Sitte
der Zeit als Zuschauer der heiligen Handlung beiwohnte,
konnten wir sein Porträt nicht wiederfinden.

Das Wort des alten Heinecken: „Wir wissen, dass
alle Meister in den bildenden Künsten gemeinlich dreyerley
Manieren haben. Was in ihren ersten Jahren gemacht
worden, unterscheidet sich allemal von dem, was sie in
ihrer besten Zeit arbeiten, und sie geraten in ihrem
hohen Alter ordentlich wieder in Abnehmen,"[2]) trifft
auch voll für den Entwicklungsgang unseres Künstlers
zu. Von seiner Jugendperiode wissen wir wenig. Offenbar hat er, wie der jüngere Holbein, in dem Fache,
in dem beide den höchsten Ruhm ernteten, und in dem
zugleich die Hauptstärke der deutschen Malerei des
XVI. Jahrhunderts lag, in der Porträtmalerei, seine Entwicklung früh und rasch vollendet. In der Freiheit der
Anordnung und Auffassung seiner Bildnisse macht A.
in sich selbst keine grosse Entwicklung mehr durch.
Was Breite und Leichtigkeit der malerischen Behandlung
und Feingefühl für die Farben anbelangt, so steht er
noch 1530 in dieser Hinsicht ohne Konkurrenz unter
seinen gleichzeitigen deutschen Genossen da.

Sandrart ist zuerst überzeugt für A. eingetreten
und hat genugsam das Verwunderliche des Umstandes

1) Dritter Hauptteil, Bd. II. Platte Y. „Sein Bildnis auf
der Platte Y ist nach einer von ihm selbst gemachten Zeichnung kopiert." Lithog. von M. Frank, kopiert im Umriss
von G. C. Kilian.

2) Neue Bibliothek der Wissenschaft und freien Künste
Bd. XX, p. 242.

hervorgehoben, „dass kein einiger unserer Teutschen
Nation jemals mit Schriften oder sonst anderen Gedächt-
nissen unsers Ambergs Namen und Kunst gerühmt hat."[1])
In A.'s Farben spiegelt sich sein Leben; auf der Höhe
seiner Existenz findet er seine sattesten, wärmsten Töne,
im Alter werden sie bei allem Feingefühl der Abstufung
kühler. Er giebt nicht nur den äusseren Schein und
das tiefe Innere einer Persönlichkeit zugleich, er ver-
gegenwärtigt uns auch meisterhaft die historische Atmosphäre. So hat er im Sinne des Schinkelschen Wortes
in seinen Kunstwerken das feinste, historische Material
hinterlassen, so ist er ein Historiker unter den Malern
geworden, und wie seine Porträts selbst Geschichte sind,
darf man nicht vergessen, dass die tiefe Auffassung der
Porträtstudien, wie er sie übte, erst die Grundlage aller
modernen Historienmalerei überhaupt geworden ist. —
Unserm Meister durch Zuweisung seines geistigen Eigentums seinen ihm gebührenden Platz in der Geschichte
zurückzuerobern, ist nicht nur eine wissenschaftliche —
es ist vor allem eine patriotische Pflicht. Denn er ist
bei deutscher Schlichtheit und Tüchtigkeit ein malerisches
Talent ersten Ranges gewesen, der mit dem bei ihm in
so hohem Masse entwickelten, in seiner Zeit sonst so
seltenen Sinn für Farbe ein erfreuliches und wirksames
Gegengewicht hergestellt hat gegen die vorwiegend zeich-
nerischen Bestrebungen jener Tage. „Ain gewaldiger
maller", so schätzten ihn die Zeitgenossen und als einen
der ausgeprägtesten Malercharaktere der deutschen Renaissance sollte man ihn in Deutschland ehren. Dank-
bare Erinnerung bewahrt ihm noch heute seine Vaterstadt Augsburg, das einst so farbenfrohe „Pompeji der
Renaissance", dem farbenfreudigsten seiner Söhne.

---

1) Teutsche Akademie II. T., III. B., p. 235.

Katalog der Werke Christoff Ambergers.

I.

Handzeichnungen, Stiche, Vorlagen für den Holzschnitt.

Bei den mit * bezeichneten Blättern haben wir kein ab-
schliessendes Urteil zu fällen vermögen, die ** signierten halten
wir bestimmt nicht für von A.'s Hand. Vgl. Text.

Seite

II.

Katalog der Ölgemälde.

A. Datierte.

Alle verloren

III.

Werke unter Ambergers Namen, die sicher nicht von ihm sind.

Anhang.

Urkunden und Regesten.

6809.

1549 Octbr. 8. Innsbruck.[1])

Die Regierung zu Innsbruck schreibt an Anton Fugger zu Augsburg, nach seinem Schreiben vom 1. Octbr. seien die Werkleute Meister Christoph Amberger, Maler, Hans Kelz, Bildhauer, und Heinrich Kron, Tischler, erschienen, hätten die Visierungen der Werkleute zu Innsbruck zum Saalboden in der Burg angesehen und sich mündlich und schriftlich über die gefundenen Mängel geäussert, auch angegeben, welche Verbesserungen zu machen wären, wenn der Boden nach dieser Visierung ausgeführt würde. Dabei hätten sie sich auch erboten, ain visier ainer andern gewaltigern und zierlichern Manier zu stellen. Da nun der König die Böden aufs zierlichste gemacht wünsche, so habe sie mit den drei Meistern verhandelt, dass sie dermassen von stund an ain visier eines stucks jedes bodens verjüngt in gemäl und dann aines von holz und farben aller ding an die statt, wie es an dem rechten poden sein wirdt, verfertigen möchten. Die drei Meister hätten sich dazu erboten, aber verlangt, dass ihnen bei der Dringlichkeit der Arbeit gestattet werde, mehr Gesellen zu halten. Es sei nämlich davornen gebreuchlig dass ein Meister nicht mehr als zwei Gesellen fürdere. Fugger möchte daher den Rat zu Augsburg dahin vermögen, dass den genannten drei Meistern mehr Gesellen bewilligt würden.

1) Urkunden und Regesten aus dem K. K. Statthalterei-Archiv in Innsbruck v. Dr. David Ritter v. Schönherr a. d. Jahrbuch der Kunsthist. Sammlungen des Allerhöchsten Kaiserhauses. Wien. 1890. Bd. 11.

6833.

1550 Jänner 15. Innsbruck.

Die Regierung zu Innsbruck ersucht Anton Fugger in Augsburg, bei den drei Meistern, welche sich erboten hätten, ein Muster zum Saal- und Paradeisboden nach ihrem Verstand und kunst zu verfertigen vnnd in zwölf Wochen nach Innsbruck zu senden, was aber, obwohl diese Zeit abgelaufen, noch nicht geschehen sei, zu urgiren.

6845. ### 1550 April 11. Innsbruck.

Die Regierung zu Innsbruck schreibt an Anton Fugger zu Augsburg, sie habe das Trühelchen mit der Visierung zum Saal, welche die Augsburger Werkleute gemacht hätten, auch deren Gutachten, wie der Saal der Visierung nach gemacht werden solle, erhalten. Da sie aber die Visierung zum Gewölbe der Paradeisstube erst in zwei Monaten liefern wollten, so möge Fugger sie bestimmen, diese Visierung so bald als möglich herzustellen und auch einen Voranschlag zu machen, was die Ausführung der Visierung kosten würde.

6846. ### 1550 April 15. Innsbruck.

Die Regierung zu Innsbruck berichtet an König Ferdinand d. I., es sei ihr das auf seinen Befehl vom 7. Mai 1549 bei Meister Jörg von Werdt und Meister Hans Gartner, Tischler, bestellte und nun ausgeführte Muster eines Stückes zum Saal- und Paradeisbau übergeben worden. Nach dem erwähnten Befehl sollte der Boden, wenn das Probestück genuegsam ortlich, schön und wolgestaltig befunden würde, darnach ausgeführt werden. Da aber diese Arbeit grosse Kosten mit sich bringe und der König sie gern schön und zierlich haben wollt, so habe sie drei geschickte Meister von Augsburg kommen lassen, nämlich einen Tischler, einen Maler und einen Bildhauer, um die von dem Innsbrucker Meister gemachten Arbeiten besichtigen zu lassen. Diese hätten so vil die arbait betrifft, daran nicht vernachtailen können anderst dann, das es wol gemacht sei; aber der form oder manier des podens hat inen nit gefellig sein wellen sonder vermaint, so man je etwas zierliches und künstliches haben und machen lassen wolt, solte diser poden auf ain andern neuen und zierlichen form herfürgebracht werden. Auf ihr Anerbieten sei ihnen bewilligt worden, eine Visierung verjüngt und in holzwerch zu machen. Die Visierung zum Saalboden hätten sie

nun übergeben und jene zum Paradeisboden in zwei Monaten
zu liefern zugesagt. Ferd. möge nun entscheiden, ob die Visierung, welche etwas gross sei, übersendet oder bis zu seiner
Ankunft in Innsbruck belassen werden solle.

6848.   **1550 April 25. Brünn.**

König Ferdinand I. giebt der Regierung zu Innsbruck
auf ihr Schreiben vom 15. April den Befehl, die von den
Augsburger Meistern gemachte Visierung zum Saal- und Paradeisbau bis auf weiteren Befehl bei sich zu behalten und inzwischen den Bau einzustellen.

6850.   **1550 Mai 10. Innsbruck.**

Gregor Löfflers Rechnung über das von ihm gegossene
Bild Chlodwigs.

Vermerkt mein Gregorien Löffler, Römischer kuniglicher
majestät etc. diener und puchsengiessers, raitung umb das
pild, genant Chlodopheus, des ersten cristlichen kunigs zu
Frankreich etc., welchen ich auf der hochgedachten kgl. maj.
bevelch und verordnung der gegebenen visierung gmess aus
messing gegossen gemacht, ausberait und überantwurt hab,
wie hernach volgt:

Erstlichen ist obgemelt neu gegossen pild, als dasselb
allerding ausberait und vertig, durch die edlen, gestrengen
und vesten herrn Wilhalbmen Schurfen, ritter, pfleger zu
Rottemburg und Ombras, und herrn Georgen Fueger, salzmair zu hall im Yntal, irer kgl. maj. etc. räte und hierzue ver-
ordnete, vleissig abgewegen und hat das bloss gewegen zwelf
centen vierunddreissig phund und dann das cathel, die flügel,
das schwert, dolich, kron, kerz, sporn und dergleichen zuege-
hörde siben centen neununddreissig phund, pringt zusamen
neunzehn centen dreiundsibenzig phund wienisch gewicht messing, laut obgemelter herrn urkund; ainen jeden centen gerait
umb achtundzwainzig gulden, inmassen dasselb hievor den
giessern zu Müllin darumben gegeben worden,
thuet zu gelt   552 guldin 26 kreizer
                                           2 fierer

So hab ich maister Cristoffen Amberger, maler zu Augsburg, auf der herrn bevelch bezahlt umb die gestellt visierung
des kunigs Clodopheus zehen taler und von derselben visier
hieher zu tragen dreissig kreuzer
thuet   11 Guldin 50 kreizer

Sumarum thuet alles mein darlegen in suma
564 guldin 16 kreizer 2 fierer

Volgt hernach, was ich daran empfangen hab:

So hab ich von obgemeltem herrn salzmair auf irer kgl. maj. etc. bevelch und verordnung in abschlag und auf raitung obbestimbten pildguss aus den salzaufschlag zu Hall seiner herrlichait verwaltung in dem negstverschinen 1549. jar under zwai malen laut meiner gegebenen quittung jedesmal zweihundert gulden eingenomen und emphangen

thuet 400 guldin

Derrer hab ich auf vorgemelter baider meiner gnedigen und gunstigen herrn bevelch von Hansen Otten, irer kgl. maj. etc. hauszeugmaister zu Ynnsprugg, in dem vorgemelten neunundvierzigsten jar under etliches malen empfangen auf den guss beider pilder, des vorgeschribnen kunig Clodopheen und des grossen kaiser Carlen, welchen ich noch zu giessen hab, an altem messingzeug, haggen und handrör vierunddreissig centner. Davon rechne ich auf den guss ditz pilds fünfundzwainzig centen; jeden derselben gerait per sechs guldin, wie dann solher den giessern zu Mulin gleichermassen angeschlagen worden,

thuet zu gelt 150 guldin.

Die übrigen neun centen will ich der kgl. maj. etc. in meiner kunftigen raitung, so ich umb das pild Caroli Manngni thuen wird, guet machen und verraiten.

Und wiewohl vorgemelt pild des kunigs Clodopheen nit gar zwainzig centen wigt, so befind ich doch in meinem überslagen das mir am giessen mer als vier centen im feur abgangen; dann der messing in den öfen zu schmelzen ist treffenlich streng und dermassen zu schmelzen, das wenig maister befunden werden, die denselben in öfen frei wie ander metall schmelsen kunten, sondern muessen den nur in tegln schmelzen und maistern.

So hab ich mich in annemung des pildgiessen bewilligt, auf versuechen die pilder zu giessen in dem alten geding und das mir der zeug darzue gegeben und wie den vorigen maistern angeschlagen werden zusambt gebürlicher ergetzlichait.

Sumarum alles meines vorgeschribnen emphangs thuet
550 guldin

Also rest dannach die hochgedacht kgl. maj. etc. mir über allen empfang noch zu bezalen
14 guldin 16 kreizer 2 fierer

Und bin dabei der underthenigisten hofnung, es werde
solh pild sauber, gering und der visierung gmess gegossen und
gemacht sein, das sich auch neben den andern vorigen pil-
dern wol werde sehen lassen.

Datum Ynsprugg den zehenden tag monats maii anno
etc. im funfzigisten.

Gregori Löffler mein handgeschrift.

6854. 1550 Mai 29. Innsbruck.

Die Regierung zu Innsbruck bestätigt dem Anton Fugger
zu Augsburg den Empfang des Voranschlags der Werkleute
für den Saal- und Paradeisboden, sowie der von den Werk-
leuten gemachten Rechnung für ihre Visierungen. Bezüglich
der Rechnung, welche sie zu hoch finde, solle Fugger die Werkleute zu einer Herabminderung zu bestimmen trachten.

6855. 1550 Juni 4. Innsbruck.

Die tiroler Kammer bezahlt an Cristoff Amberger, maler,
Heinrich Cron, Tischler, und Hans Kels, Bildhauer, alle drei
Meister zu Augsburg, für die zwei Visierungen zum Saal- und
Paradeisboden in der Burg zu Innsbruck und zwar an Am-
berger 55 Gulden, an Heinrich Cron 65 Guld. und an Kels
45 Gulden, endlich jedem ihrer Gesellen als Trinkgeld 1 Gulden.

6891. 1551 April 9. Innsbruck.

Die Regierung von Innsbruck antwortet auf den Befehl
König Ferdinand I. vom 25 März, sie habe wie dem König
am 15. April 1550 berichtet worden sei, den Bau bis auf wei-
tern Bescheid einstellen lassen und es sei seitdem nichts mehr
geschehen. Nur sei ihr inzwischen von den fremden Meistern
die andere Visierung der Paradeisstube zugesendet worden.
Sie wolle nun nur noch den weiteren Bescheid Ferdinand I.
abwarten, ob die Visierungen mit eigener oder gelegentlicher
Fuhr nach Wien abgesendet werden sollen. In welcher Zeit
aber die Arbeit selbst vollendet werden könne, vermöge sie
nicht anzugeben, da sie nicht wisse, welche Visierung dem König
genehm sein werde; sie wolle jedoch die betreffenden Meister
zu Augsburg darüber befragen.

6909. 1551 August 7. Innsbruck.

Die Regierung zu Innsbruck berichtet an König Ferdinand I. auf dessen Erlass vom 6. Juli, sie habe es für das

Beste gehalten, den Meister Christoff Amberger, Maler, und
Heinrich Cron, Tischler von Augsburg, welche die zwei
Visierungen gemacht hätten, zu schicken und daher dem königl.
Rat Anton Fugger geschrieben, sich mit den beiden Meistern
zu der reis hinab zu begeben und am St. Laurenzitag in Innsbruck bei der Kammer zu erscheinen oder aber zu berichten,
warum die deiden Meister sich zu dieser Reise nicht bewegen liessen. Die Antwort Fuggers möge der König aus
der Beilage entnehmen. Da sie nun für notwendig erachte,
dass die beiden Augsburger Meister oder wenigstens der
Tischler Cron sammt Degenhart Pirger, Maler zu Innsbruck,
welcher die Innsbrucker Visierung gemacht habe, und der Hofbaumeister zu Ferdinand I. hinabkomme, so möge derselbe mit
der Sache warten, bis die Augsburger Meister ihre sie eben
beschäftigende Arbeit vollendet hätten oder der Kaiser von
Augsburg weggezogen wäre und die Meister kommen könnten.

6914.   1551 Septbr. 21. Wien.
    Auf die Entschuldigung der Regierung zu Innsbruck,
dass sie den Maler Christ. Amberger und den Tischler Heinrich Cron von Augsburg mit dem Hofbaumeister und den
Visierungen bisher nicht habe senden können, befiehlt König
Ferdinand I. der Regierung, falls die genannten Meister nicht
ehestens kommen könnten, zwei Meister von Innsbruck mit
dem Hofbaumeister und den Visierungen sofort nach Wien
zu senden.

6918.   1551 Oktbr. 31. Innsbruck.
    Die Regierung zu Innsbruck berichtet an König Fer-
dinand I. auf dessen Erlass vom 31. Septbr., der Maler Amberger und der Tischler Cron hätten sich bereit erklärt, die
Reise nach Wien zu Martini zu machen. Nachdem nun auch
der Hofbaumeister, solange der Kaiser in Innsbruck weile,
nicht fortgelassen werden könnte und die vorgerückte Jahres-
zeit zum Bau nicht geeignet sei, so habe sie die verlangte
Absendung des Baumeisters und der Werkleute unterlassen und
erwarte des Königs ferneren Bescheid.

Inventar der Kunstsammlungen des Erzherzogs Leopold Wilhelm von Österreich.

Nach der Originalhandschrift im Fürstlich Schwarzenbergschen Centralarchiv, herausgegeben von Adolf Berger, Fürst. Schwarzenbergscher Centralarchivdirektor.[1])

542.   Fol. 248 des Inventars.

Ein Contrafait von Öhlfarb auff Holcz eines jungen Mahns inn einem schwartzen Klaidt vnndt Rockh vnndt hatt vnder dem Klaidt vnnd dem Halsz ein goldene Ketten, waran ein Todterkopff hängt, hatt in der rechten Handt ein Par Handtschuech vnndt hält die linckhe auf einem Tisch.

In einer schwartzen Ramen, das innere Leistel verguldt, hoch 3 Spann 5 Finger vnd 2 Spann 9 Finger brait. Original von Amberger.

576.   Fol. 254 des Inventars.

Ein Contrafait von Öhlfarb auff Holcz des Lodouici Herzogen in Bayren mit einem schwartzen Belcz vnndt Barettel, welches mit Kleinodien vnndt Gold gezierth ist, vnndt die rechte Handt auf einem Tisch halt.

In einer schwartzen Ramen, das innere Leistel ausge-

1 Spann = 10 Fingern.

schnitten vnd verguldt hoch 3 Spann 8 Finger vnd 3 Spann 2 Finger braith. Original von Amberger.

604.   Fol. 257' des Inventars.

Eine kleine Landschafft von Öhlfarb auf Holcz, warin zwey Verliebte bey einander auf der Erden siczen, der Cavalier vmbhalst die Dama mitt seinem linckhen Armb vnndt halt ihr linckhe Handt mitt seiner rechten.

―――――

1) Publ. im Jahrbuch der Kunsthist. Sammlgn. des Allerh. Kaiserhauses. Wien I. 1883.

Dem Kaiser Ferdinand III., des Erzherzogs älterem Bruder, bestimmte Punkt IV des Testaments: „als absonderlichem Liebhaber der Mahlerei alle seine Gemählde hier in Brüssel und auch in Wien sammt den Statuen und Marmel, Harzen, Metallen, Büchern, Disegnis und Kupferstichen." Das Inventar wurde beendet am 14. Juli 1659.

In einer schwartzen Ramen, dass innere Leistel gegeflambt vnndt verguldt, 2 Spann 3 Finger hoch, 3 Spann 1 Finger braith. Original von dem Amberger.

647.   Fol. 264' des Inventars.
Ein Contrafait von Öhlfarb auff Holcz eines Mahnsz mitt einem rothen Barth vnd schwartzen Belcz.
In einer vergulden Ramen mit Oxenaugen, 3 Spann genaw hoch vnndt 2 Spann 3 Finger braith. Original von Amberger.

Urkunden, Akten, Regesten und Inventare aus dem K. K. Statthalterei-Archiv in Prag.
Herausgegeben von Karl Köpl.[1])

6232.   1718 April. 8. Prag.
Inventarium über die in der allhiesigen kaiserlichen schatz- und khunstcammer befundenen Mahlereien und andern sachen nemblich u. s. w.:
pag. 4. Nr. 47. Hamberger: Eine jagd.
pag. 6. Nr. 86. Hamberger: Eines fürsten contrafeè.
pag. 9. Nr. 154. Hamberger: Unser Herr Gott* an der säulen. *corrig. in „Christus".
pag. 20. Nr. 318. Hamberger: Eines manns contrafeè. Nr. 319. Hamberger: Ein contrafeè eines manns mit einer silbernen khandl in der hand.
pag. 21. Nr. 349. Hamberger: Eines manns contrafeè.
pag. 24. Nr. 404. Hamberger, a me incognito: Ein gebäu.

6234.
Inventar der Kunst- und Schatzkammer auf dem Prager Schloss.
                    1737 Octbr. 5. Prag.
pap. 4 und 5. Nr. 45.

	Elen	Zoll		
Eine jagt h.	1	3	Holz.	Amberger.
br.	1	7		

pag. 6 und 7. Nr. 54.
Christus an der saulen h. 0. $17\frac{1}{2}$ Leinw. Amberger.
                    br. 0. $10\frac{1}{2}$

---

1) Aus: Jahrbuch der Kunsthistorischen Sammlungen des Allerh. Kaiserhauses. Wien. 1889. Bd. 10.

pag. 8 und 9. Nr. 84.
Eines fürsten contrefait h. 0. 9½ Holz. Amberger.
br. 0. 5

pag. 24 und 25. Nr. 265. Ein contrefait herzogen Ludovici
aus Bayern. h. 1
br. 0. 18 Holz. Amberger.

pag. 30 und 31. Nr. 332. Ein contrefait eines manns mit einer
silbernen kandl in der hand. h. 1. 10.
br. 1. 5. Leinw. Amberger.

6235.
Inventarium der ehedem in der königl. Schaz- oder
kunstkamer aufbehalten gewesten, dermalen in den königlichen
sogenannten bildersaal übergetragenen Sachen.
1768 Octbr. 20. Prag.

pag. 10 und 11. Nr. 66. Ein gebäu. h. 0,13, br. 0,22. Nr. 67.
Ein perspectivisches gebäu. h. 0,13, br. 0,22. Beide
Papier, Amberger.

pag. 14 und 15. Nr. 115. Christus an der saulen h. 0. 17½.
br. 0. 10½. Kupfer. Amberger.

6238. 1782 Januar 3. Prag.
Inventar in den zeugkammern befindlich.

pag. 2. Nr. 66. Ein gebäu 13 Zoll hoch, 23½ Z. br. Nr. 67.
Perspectivisch gebäu 13 — — 22 — — a. Papier
v. Amberger.
Inventare, Acten und Regesten aus der Schatzkammer
des Allerhöchsten Kaiserhauses. Herausgegeben v. Dr. Heinrich Zimerman.[1]

6243. 1747—1748.
Nr. 158. Ein frauenportrait von Amberger.
Inventar von 1750.

6253.
Nr. 158. Ein klein unbekantes frauenportrait von Amberger.

---

1) Aus: Jahrbuch der Kunsth. Sammlgn. des Allh. Kaiserhauses. Wien. 1889. Bd. 10.

Nachträgliche Berichtigungen.

S. 11, Z. 13 v. u. Semikolon hinter „angeführt".

S. 16, Z. 12 v. u. Sulcer statt Sulzer.

S. 16, Z. 5 v. u. kein Komma hinter „Schule".

S. 27, Z. 17 v. u. Eindrücke statt Eindrübke.

S. 40, Z. 8 v. u. Nr. 524 statt 514.

S. 59, Z. 8 v. o. „einer Fugger etc. bis Augsburg" fett zu drucken.

S. 80, Z. 17 v. o. „ziemlich" zu streichen.

S. 82, Z. 15 v. o. „Junge Frau, Kniestück," fett zu drucken.

S. 90. Z. 13 v. o. 20 statt 29.

Nachträgliche Berichtigungen.

S. 11, Z. 13 v. u. Semikolon hinter „angeführt".

S. 16, Z. 12 v. u. Sulcer statt Sulizer.

S. 16, Z. 5 v. u. kein Komma hinter „Schule".

S. 27, Z. 17 v. u. Eindrücke statt Eindrübke.

S. 40, Z. 8 v. u. Nr. 524 statt 514.

S. 59, Z. 8 v. o. „einer Fugger etc. bis Augsburg" fett zu drucken.

S. 80, Z. 17 v. o. „ziemlich" zu streichen.

S. 82, Z. 15 v. o. „Junge Frau, Kniestück," fett zu drucken.

S. 90, Z. 13 v. o. 20 statt 29.

www.ingramcontent.com/pod-product-compliance
Lightning Source LLC
Chambersburg PA
CBHW020405030726
47496CB00007B/2306